まさか！うちの子アスペルガー？

セラピストMママの【発達障害】コミックエッセイ

佐藤エリコ
イラストレーター

合同出版

はじめに

Mは生まれた時から、とってもユニークな赤ちゃんでした。何事にもマイペースで自分の世界を持って成長していくMは、まるで「宇宙人のような不思議で可愛い存在」でした。そんなMの様子を、私はマンガという形で記録していました。

渡米後、アスペルガー症候群の診断をきっかけに、「うちの子はアスパラガス？」というブログを立ち上げ、マンガで綴っていた育児記録とともに、アメリカの発達障害に関する療育情報などを発信するようになりました。この本は、そのブログで発信していたマンガや日誌に加筆修正をし、まとめたものです。

アスペルガー症候群は自閉症スペクトラムというとても幅の広い概念でとらえられていて、まだ解明されていないことも多くあります。また、同じアスペルガー症候群という診断名でも症状の程度やその表れ方は人によってさまざまで、育った環境や時代によってもまったく違ってきます。そんなことをふまえつつ、Mママの試行錯誤の育児をお楽しみいただけたらと思います。

このマンガを読んで、同じようなタイプのお子さんを持つ親御さんが「うちと同じ！」と共感してくれたり、もっと自閉症やアスペルガーについて知ってみたいなと思ってくれたら幸いに思います。

M

14歳の中学生。
アスペ／高機能自閉症。
趣味はマリオとポケモン！

Mママ

自分が当事者じゃないか
と感じている。
発達／知的障害者の
アトリエ勤務。

登場人物紹介

リモ

保健所から来た
マンチェスター・テリアの子犬。
天敵は郵便屋さん。

Mパパ

根っからの楽天家。
コンピュータープログラマーで
ノイズ・ミュージシャン。

まさか！うちの子アスペルガー？

赤ちゃん時代

1996年9月、今から15年前、Mは東京で生まれました。Mパパはアメリカ人、Mママは日本人です。

赤ちゃん時代のMはひと言で言うと「マイペース」でした。でも国際結婚家庭だったこと、一人っ子だったこともあり、よその子と多少違っていてもあたりまえだと思っていました。それにMパパはコンピューターのシステムエンジニアでミュージシャン、Mママがイラストレーターという家庭でもありましたので、子どもがユニークなのはあたりまえ、むしろ個性的で独創性を持った子どもと自慢でした。

Mは、赤ちゃんの時から絵や文字への関心が強く、まわりから「天才かも!?」などと、しばしば言われました。

ちなみに1歳半健診では「正常」。3歳児健診は渡米したために受けていません。もし、日本で「3歳児健診」を受けていたら発達の遅れが発見されていたのかもしれません。でも、今から10年も前、この障害が知られていない時では、なかなかむずかしかったかもしれませんが……。

赤ちゃん星人、Ｍ誕生

１９９６年９月、
東京で日本人のママと
アメリカ人のパパの
間にＭが生まれた。

分娩はいたって正常、
赤ちゃん時代は
スクスク順調に
成長した。

近所には月齢の近い
お友達もいて、
毎日のように一緒に
遅くまで遊んだ。

そう、朝から晩まで
同じ公園で
お友達と一緒に……
え？　これは
一緒に遊んでいるんじゃ
ないって？

将来はエンジニア？

今になって思うと確かにMの遊び方はちょっと独特だったかも。

ふつう、公園でベビーカーを見つけたら人形を入れてみたり、押してみたりするものらしいが……

Mの場合、タイヤの部分めがけてまっしぐらであった。

そんな姿を見てママは、エンジニアの天性の才能があると思ったものである。

例えば公園でベビーカーを見つけたら
普通はこう
Mはこう
ココ
男の子よねぇ（ママ）
ぐるぐる
将来はエンジニアかしら？
ぐるぐる
ミニカーも

Mはとってもマイペース

Mは一人遊びが上手で、
あまり手がかからない子
だった。

たしかにマイペースな
ところもあったが、
一人っ子だから仕方ない
と思っていた。

「自閉症」
という言葉は、
聞いたことがあったけど、
まさかMが……

「特定のものへの
こだわり」が
自閉症の特徴の
ひとつだとは、
知る由もなかった。

保育園にて…
1歳7カ月
もくもく
えんえん
保育士
今日も一日ブロックをつなげていました
自閉症だってば！
運動会にて…
ギャー
ひきずり
だから自閉症！
目線バッチリ
自閉症って、目を合わせないって言うよね？
じゃあ、うちは絶対違うね！
こだわりアイテムがカメラ（そりゃ見るわ）
カシャッ
カメ…
じーっ
ゲット
カメラが視界に入ると…

３歳で渡米

１９９９年11月、システムエンジニアだった夫の仕事で一家３人、渡米しました。移住したサンフランシスコでＭと私は、アパートに隔離状態でした。当時、私は車の運転ができず、どこへ行くにもバス。車社会のアメリカでは、牛乳ひとつとっても巨大サイズ、車なしでは買い物もひと苦労でした。

その頃、Ｍがずいぶん大泣きすることがありました。私は母親のストレスが幼心に伝わっているんだろうと申し訳ない気持ちでいっぱいでした。今思えば、海外引っ越しという大きな変化は自閉症の子にはとても負担だったのではないかと思います。

半年後、Ｍは日英バイリンガルのプレスクール*に入学しました。そこに子どもを通わせる日系ママにとっては「いかにわが子をバイリンガルにするか」は子どもの教育においてとても重要な課題でした。そこで私も、プレスクールの後、Ｍを日本語プログラムのある学校のキンダーガーテン**に通わせました。

＊プレスクール：３、４歳の子が通う学校。日本の幼稚園にあたります。

＊＊キンダーガーテン：小学校に上る準備をする学校。５歳の子対象。

アメリカへGO！

サンフランシスコに
引越した
3歳2カ月のM。

引越し先では、
育児情報がまったく
入ってこない。
Mパパにもわからない。

運転ができないと
家に引きこもるしかない。
免許を取るまで母子で
2人きりの生活を
送っていた。

ある日、公園で
プレスクールの存在を
知らされるまでに、
半年もの時間が
経っていた……。

1999年11月
3歳2カ月
アメリカでは何歳で幼稚園に入るの？
4、5歳かな？
じゃあそれまでは？
ドコも行かないよ
ふーん
日本から届いた段ボールの山！
ママといっぱい遊ぼうね
家は保育園状態
プレスクール行かせないの？
え？なんですかそれ
わーい！
？
ダンボール手作り滑り台

プレスクール時代

3歳9カ月で
ようやくプレスクールに
入学したM。
そこでMママは、おなじ
3歳児がしっかりしてい
るのに驚いた。

でも、
Mは最年少だったし、
マイペースで
おとなしいのは、
Mの個性だと思っていた。

それどころか、
Mのずば抜けた
視覚的記憶力のせいで、
園では
「天才かも？」
と噂された。

というわけで、
プレスクールの時代を
何事もなく、
無事通過した
Mであった。

はじめまして 私はエミリー
おお！しっかりしてる！
クリスマス会
ボーッとするM
123
ABC
フォトグラフィックメモリーがあるようですね 次は元素記号も覚えさせましょう
少々おっとりしていますが 頭がいいから キンダーに入れても大丈夫でしょう
園長先生お墨付き

手作りコスチューム

4歳の頃。
機関車トーマスが
好きだったMは、
敵役の「ディーゼル10」
にハマっていた。

こういうマイナーな
敵役のコスチュームは
市販されていないので、
ハロウィン用に
Mママが手作りする
ことになった。

本格的に仕上がった
コスチュームに
大喜びのM。
早速プレスクールの
ハロウィンに
出かけるが……

このコスチューム、
まったく機能性が
なかったらしい。

機関車トーマスのディーゼル10
よーし
ぽんっ
またまた↑
ダンボール登場
ジャーン！
パテで立体的なしあがり
ピンポン玉でリアルな目玉
バスでは座れなかったみたいですが
…
Mごめん

英語力テスト

小学校入学前の
英語力（ＥＳＬ）テストで、
Ｍは英語が母国語ではな
いＥＳＬ＊だと
診断された。

しかし、Ｍママは
このテスト結果を
信じなかった。

だって、
Ｍの話す英語は
完璧だったし、
そもそもテスト室で
何が起きていたか、
わかったものではない。

Ｍが話を聞いて
いなかったことは、
テスト室から
持ち帰った
完成度の高い落書きで
容易に想像できた。

ESLテスト室
大丈夫かな？
数分後に出た結果は
ESLです
えー!!
（ママとパパ）
あの人の英語のせいじゃない？だってアクセントきつかったじゃない
ん？なんか持ってる
↖納得いかない
なんだ話、聞いてなかっただけじゃん
傑作

＊ＥＳＬ：English as a Second Language.
英語が第２言語であること。

小学校入学

小学校入学は、
親にとっても
一大イベント。
心配で送ってきた親達で
朝の校門の前は
にぎやかだった。

Mの担任は
20年近いベテラン教師。
安心して任せておけば
いいのだが……

心配なあまり、
あの手この手を使っては
教室に侵入しようとする
Mママであった。
「大丈夫です」の声を
期待して……

担任から
Mの問題を
告げられたのは、
もうしばらく先のことで
あった。

バックパックが大きくてまるでカメのようー
はい ここまででストップ!
大丈夫かなー
Mはクラスでどうですか?（『大丈夫!』という返事を期待して）
ボランティアで鉛筆削り
…ええまだ最初ですから
なぜMは言う事を聞かない

Mの一大プロジェクト

サンフランシスコのダウンタウンに住んだ時は、アパートの近くにあったホテルの立体駐車場を利用していた。

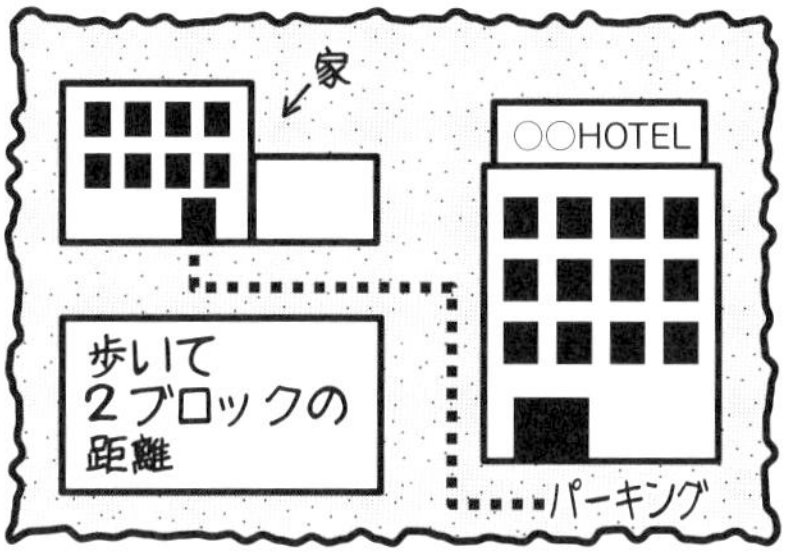

毎日、その駐車場に通ううちに、なぜかMは「あるフロア」を気に入った。

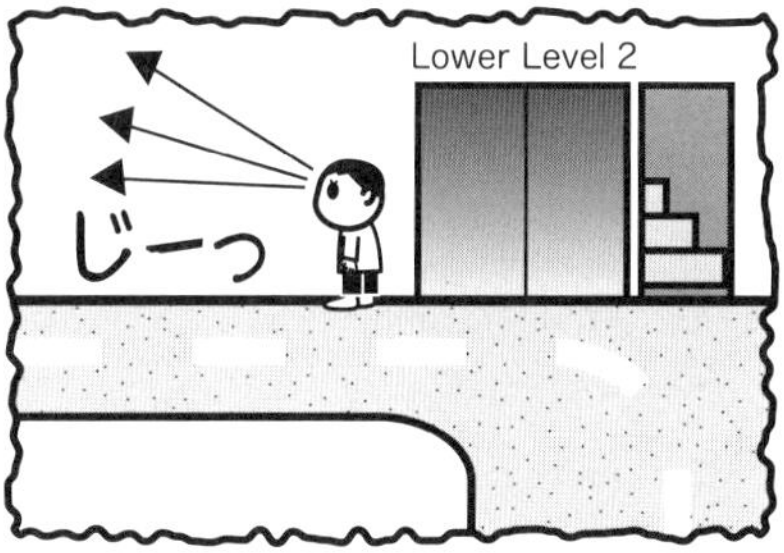

その名も「Lower Level 2」。そしてMのあくなきプロジェクトが始まった。

できあがったのは、紙で作られた立体駐車場の模型だった。

目でスキャン

ダウンタウンで
よく見かける
「ゼロエミッションバス」
（電気バス）を
なぜかお気に召したM。

目で
スキャン中
ZERO EMISSIONS VEHICLE
（電気バス）

似たデザインのガソリン
車には目もくれず、
ひたすらこの電気バスを
追い続けた。

ゼロ
エミッション！
環境に
優しいのね
ガソリン車
には、わき目も
ふらない。

この情熱の高まりと
並行するように、
Mの工作の腕前は
どんどん高度化していっ
た。

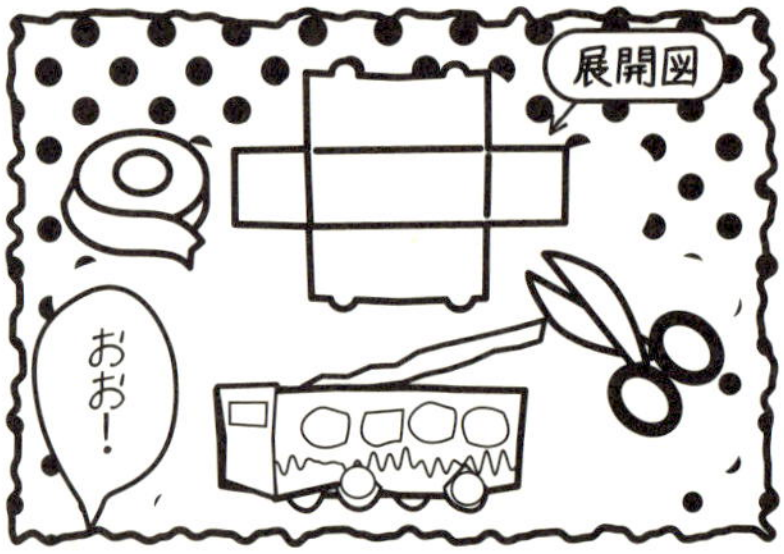

展開図
おお！

Mの情熱が、
いつかほかへも
向かうことを願いつつ、
あたたかく見守る
Mママだった。

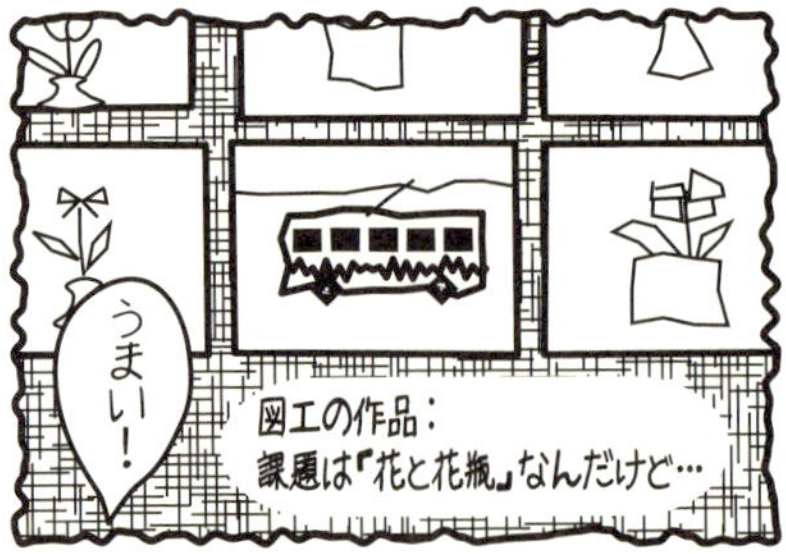

うまい！
図工の作品：
課題は『花と花瓶』なんだけど…

Mはスペシャル？

小学校に入学して
数カ月後、
Mのバックパックに
1枚のプリントが
入っていた。

何も知らないママは
てっきりみんなが
こういうものを
もらうものだと
思っていた……

ある日、
そうではないらしい
ことがわかった。

Mママの中で、
「もしかして
Mはスペシャル？」
という疑念が
浮かび上がった
瞬間だった。

Mの行動チェックリスト
ニコニコチャート
ん？
パラ
公園
そういえばニコニコチャートで
！
なあにそのニコニコチャートって？
？
うちだけ

謎の存在

小学校に通うようになると、Mが宿題に時間がかかりすぎることが私の悩みの種になりました。

Mの問題は単に勉強ができないというのでもなさそうでした。反復練習のような単調なプリントの宿題は集中できないようでしたが、課題形式が違えばむずかしい問題でもすんなりやってのけたりしたからです。

その頃、クラスの担任もMには手を焼いていたようです。何度言っても理解できない日もあれば、ある日突然全問正解したりするMは、いつしか先生にエニグマ（謎の存在）と呼ばれるようになりました。

1年生のある日、学校から「学習支援チーム＊」（Student Success Team＝SST）に参加するようにと連絡がありました。何もわからず言われるがままに参加した私と夫は、この話し合いの席で担任の先生からMがいかに学校で「心ここにあらず」かを初めて聞かされることになりました。

＊学習支援チーム：学習に困難を抱える児童について話し合うミーティング。特別支援の前段階のサポートです。

お絵描き

Mは
お絵描きが
大好き。

暇さえあれば
いつでも
どこでも
描いている。

というよりも……

暇がなくても
描いている。

プリントが壁！

学校の勉強の中で
Mがぶつかった
大きな壁。
それは
プリントの宿題だった。

絵や工作など
手を使う授業は
集中できるのに、
プリントの宿題だけは
何時間かけても
できない。

つきっきりで6時間、
家で教えてもダメ。
とうとう
Mパパに
助けを求めた……。

そんな時、
根っからの楽天家である
Mパパからは、
決まってトンチンカンな
返事が返ってきた。

プリントの宿題
1 3 5 7 9
2 4 6 8 10
わからない
かゆい
つかれた
といれ
のどかわいた
え－！こんなの簡単でしょう？
助けて－！M宿題ができないのよ－ご飯も作れない6時間もやってるのに
ただいま－
その頃は会社員
そりゃ問題がつまらないんだよ。僕も独学タイプだって言われてたからさ！
楽天家！
助けになってないんですが

落書きだらけ

1年生のある日、学校から学習支援のミーティングに出席するようにという通知が来た。

わけもわからず行ってみると、そこにはそうそうたるメンバーが並んでいた。何やらただごとではなかった。

まず、Mの担任G先生がMの学校での困難さを説明した。半信半疑のMママに、先生はついに必殺技を出した！

それは、落書きで埋め尽くされたMのプリントだった。（今ではすごく感謝してます！　G先生）

Student Success Team?
？
先生方が勢揃い!!
特別支援級の先生
担任
校長
書記？
何事？
彼は想像の世界に入り込んでしまい、授業に集中できません。集中すればできる子ですが注意を引くのにいろいろ試しましたが、効果なしです。
こだわりのキャラで埋め尽くされたプリントの山!!!
ドサッ
ひょえー

ＡＤＨＤの診断テスト

小学校2年生になると、授業に集中することがさらに困難になり、担任の先生からＡＤＨＤ＊かもしれないから「診断テスト」（アセスメント）を受けるように勧められました。Ｍ、７歳のときです。

診断テスト？　私はどこで何をすることかよくわかりませんでしたが、Ｍの抱えている問題が何なのかがわかるなら何でもしたいと思い、先生には「受けたい」と返事をしました。

しかし、Ｍパパは「診断テストはＭにとってレッテル貼りでしかない」と反対しました。診断名がつく事で、Ｍに対して偏見を持たれる事を心配したようです。

アメリカでは「チャイルドファインド」（障害のある子の早期発見を学校に義務づける）という法律が定められています。それでも親の同意なしでは診断テストをすることはできません。

結局両親の合意が得られないということで、診断テストは見送りになりました。今思うと、私がもう少しくい下っていれば……と思います。でも親も完璧ではありません。こういう場合に気軽に相談できる専門家が身近にいるといいなと思いました。

＊ＡＤＨＤ：Attention Deficit Hyperactivity Disorder. 注意欠陥多動性障害。

Mママは考え過ぎ?

悩んだMママは、Mと似たような子を持つUママと情報交換をするようになった。

ある日、UちゃんがADHDと診断されたと聞いた。やっぱりMパパは無関心!?

思い切って小児科のドクターに相談したが、「考え過ぎのママ」扱いをされただけ（そう聞こえただけ!?）。

経済的な事情もあり、この先の診断テストを受けることを思いとどまってしまった。

傷のなめ合いとも言う
あーら Mちゃん なんて 落ち着いて いるよ
あーらぁ Uちゃんこそ
無関心
Uちゃん ADHD だったって
へー
医者の前では いつもとっても おりこうさん
そうは見えませんが そんなに言うなら
『そんなに いうなら』って さあ
げ！診断に ○○ドル？

はてしないおしゃべり

2年生の頃のM、
興味ある対象への
執着度がさらに増し、
学習への影響が
ますます深刻に
なってきた。

家でもMのレクチャーに
悩まされた。
今、お気に入りのキャラ
はパンツマン。

パンツマンのことを
忘れている時も
あるのだが……

うっかり思い出させてし
まうと、
それがきっかけで、
たちまちエンドレスの
おしゃべり……。

話すのは大好きなキャラクターのことばかり
2年担任M先生←
クラスでは一番前→
ノマンがあーしたパンツ
ツマンがこーしたパンツ
ノマンがパンツマンがパン
ノマンがパンツマンがパン
ノマンパンツマンパンツマ
パンツパンツパンツマ
やめてくれー
一瞬の静寂
着替えのパンツは……
しまった!
パン…
ンツマンがパンツマンがあーし
マンがこーしたパンツマンがパンツ
ンツマンがパンツマンがパンツマン
ンツマンがパンツマンがパンツマン
ンがパンツマンがパンツマンパンツ
パンツマンがパンツ

どキッパリ

2年生のある日、Mパパと2人で行った面談で担任の先生からADHDではないかと言われた。

そこで診断テストを受けるか受けないかで、Mパパとママ意見が真っ向から対立した。

レッテルを貼られるのを恐れるMパパの前で、Mママは思い切って先生にこう質問した。

これがMパパの診断への抵抗感を和らげることになった。

話すのは大好きなキャラクターのことばかり
担任↓
面談にて
何でもいいから息子の頭の中をのぞきたいママと
レッテル貼られると反対するパパ
先生、息子は診断を受けてレッテル貼られたらクラスで浮いちゃいますか？
…
そんなことないですよ。すでに完全に浮いていますから
どキッパリ

落ち着き過ぎ?!

ADHDの疑いを持ちながら、まだ診断に踏み切れていなかったMママは、いろいろ調べた。

ADHDのことを調べるうちに、ADHDの症状とMには大きな違いがあることを発見した。

ADHDは、ひとつの物事に集中できず、つぎつぎと違う対象に興味が移るというが……

Mはひとつの物事に集中できないのではない。集中し過ぎているのではないだろうか?

お絵描き中
ふむふむ ADHDの特徴とは
もくもく
多動 落ち着きがないなど、うーん… なんだかしっくりこないなー
もくもく
落ち着きはあるのよ。っていうか、
もく
もく もく
落ち着き過ぎのような気がするんだけど…

時間を与える

ＡＤＨＤかもしれないと言われながら、Ｍは小学校３年生になりました。

思えば、この８歳の頃がいちばん大変だったかもしれません。学習の面でもそうですが、もともと早生まれのため、学年の中でいちばん年下だったＭの社会性の幼さが目立ってきたからです。

３年生の時期は、特定の子どもと友達関係を形成し始めると言われていますが、Ｍは相変わらずマイペースで、マイワールドで遊んでいました。しだいに孤立を深めていたのです。

その頃、私はＭが少しでも友達と遊べるようにと、一度は中止させていた放課後の「チャイルドケア」（日本の学童保育にあたるところ）に通所させました。チャイルドケアに迎えに行くうちに気づいたのですが、いつもＭは自分より１、２学年下の子どもたちと楽しそうに遊んでいました。

そこで私は、Ｍが入っている学年が間違っていたのではと考えました。アメリカでは1年生に入る準備ができていないと、キンダーガーテンを繰り返すということはよくあることです。私はＭパパを説得して、もう一度３年生をやりなおさせることにしました。

遠くで好きなキャラの話を延々と続けてるM
エクスキューズミー あの子のママ? 学校はドコ?
何か?
あの子みたいな子にぴったりの学校があるのよ
それは。どーゆー意味?
話しかけたいでもやめとこ
ギャー
うずうず

わかる人にはわかる

まだ
何の診断テストも
受けていなかった
3年生の頃。

Mと外に出かけると、
知らない人から
親しげに
話しかけられることが
よくあった。

この時はただ
「おせっかいな人達も
いるものだ」
と感じていたMママ。

だけど今、
その気持ちがよくわかる。
だって町で「自閉症かな
ぁ」って子を見かけると、
ついつい話しかけたくな
る……。

吹いているふり

学芸会の出し物はリコーダーの演奏だった。

3年生の学芸会

家でがんばって練習するも、なかなかむずかしく、本番を心配するMママ。

家で…
頑張れ！

本番の舞台。何とか演奏しているように見えたM。

吹けてるじゃん

あとで聞くと、Mは指をピロピロして「吹いているふり」をしていれば良い、と担任の先生から言われていたらしい。

指が逆だった…

1学年下がいい

聞くところによると、
3年生の時期には、
特定の友達関係が
形成され始めるらしい。

ところがMは
相変わらずマイペース。
幼くて、まわりからは
弟のように扱われていた。

本人も
下の学年の子たちと
遊ぶ方がいいらしい。

Mには
3学年のクラスは
まだ早いのかもしれない。

Mはマイワールド
同じ年の子達と比べると…
Do you need help?
(手伝ってあげる!)
よしよし
年下の子達とは楽しそう
3年生
1年生
2年生
頭一つ高いM
背だけは高いのよねぇ

天敵アマンダちゃん

クラスメートの大半は
優しい子ばっかり。
でも、なかには意地悪な
子ももちろん、いる。

アマンダちゃんは、
知能犯。
Mが一人でいるのをねら
って、陰で嫌がらせを
しているらしい。

反撃できないMの性質を
知りながら嫌がらせをす
る彼女。

ある時、
現場を見つけたMママは、
見るに見かねてついつい
子ども同士のことに
口を出してしまった。

天敵アマンダちゃん
3年生になると、いじめは隠れてするので対応がむずかしいです
ぼー
確信犯
ある日現場に出くわす!
はっ!
ヒソヒソ…ケッケッケー!
まばたきパチパチ
泣く直前
Why don't you leave my son alone?
息子を放っといてちょうだい!
大人げない

少しは気にしろー！

進級を待つというオプションï¼ˆ選択肢）があるのを知ったMママ。悩んだ末、もう一度3年生をさせるという決心をした。

3年生を繰り返すのはめずらしい。Mの自尊心を傷つけないかと心配するMママだが、当人はアッケラカン。

今思うと、こういうところが、アスペなのだろう。

Mにも親友ができる時はいつかくる。学年をずらすのは、何もわかってない今がいい時期かもしれない……。

2005年
Mもそりゃーいやだよな普通同じ学年の子と一緒に進級したいよなぁ？
いい？もう1回3年生をやるのは、Mがあんまりおりこうさんで早くに小学校始めちゃったからなのよ？
オッケー！
…お友達と離れて寂しくない？
オッケー！
こればっか
わーい
今度は友達作るんだよ

Ｍとアートの関係

Ｍはお絵描きや工作が得意で、好きなものができると繰り返し、そのモチーフをさまざまな作品にしました。純粋な情熱から作られたそれらの作品は、見る者がつい微笑んでしまうような魅力のあるものばかりでした。学校でもＭの創造力はみんなが認めていて、３年生のバザーではＭの描いたマンガを製本して売ってくれたくらいでした。

いつしか私は、Ｍにアートを通していろいろ学ばせることができないかと考えるようになりました。プレスクールの時に展開図を作り、バスを組み立てることを覚えたり、バス停の名前に興味を持って漢字を覚えたりするＭには、それが自然なように思えたからです。

Ｍのサポートをするために、私は美術教育の勉強を始めました。サンフランシスコ州立大でカリキュラム作成のクラスを受講したり、地元の小学校でインターンとして実際に子どもにアートを教える経験をして、人それぞれの学び方に多様性があることや、さまざまな感覚を使う「ハンズ・オン」*のカリキュラムがＭの学習に有効であることを実感しました。

＊ハンズ・オン：体験学習を意味する教育用語。実習、実験など、体を使った学習法のこと。

Mママは美術講師

Mが小学校低学年の頃、Mママはサンフランシスコ州立大で美術教育を学んでいた。

数ある課程の中でもっともMママの気に入ったのはハンズ・オンのカリキュラム作りのクラス。

卒業後は、チャイルドケアで、美術講師をし、オリジナルカリキュラムを実践した。

そんなママの姿を見て育った、Mであった。

環境問題を意識して
リサイクル素材を使用（実は単に貧乏）
マカロニと豆で作ったミョーにリアルな人体解剖図
Aもらったよ！
Eriko's Fun Art
先生手作り粘土ベリーナチュラルさわりなさい
YEW 気持ち悪いルルい
それ何？ご飯？
あ、これ？
糊煮てるの

好きなものだけ

Mには
絵の才能がある
と思っていたMママ。
画材は本物を与えた。

独特の画風も
個性として
重んじたつもり。
たしかにMの腕前は
かなり上達した。

そこで発表の場を
与えてやりたいと
思ったMママ
だったが……

当の本人は
そんなことには
まったく無頓着だった。

どう？油絵の質感は？
汚れるー（パパ）
べたべた
興味のある所だけ細かい！↓
後はテキトー
M作：バスと人
ねえ、『夏休みの想い出』描いてよ
そしたらコンクール出せるよ
カキカキ
結局好きなものしか、描かないのよねえ
ごまんえつ
著作権ひっかかるよなぁこりゃ

移りゆく「マイブーム」

Mには
「マイブーム」がある。
つねに何かひとつ、
寝ても覚めても
そのことばかり考えてい
る対象がある。

Mの
「マイブーム」への
ハマり方は深く、長い。
少なくとも1年以上は
その物事への
探求が続く。

その間、
家中の壁や机は
そのモチーフの作品で
埋め尽くされるが……

ある日突然、
「はい、オシマイ」
とばかりに次の対象に
移っていく。

トーマス：マジックペン

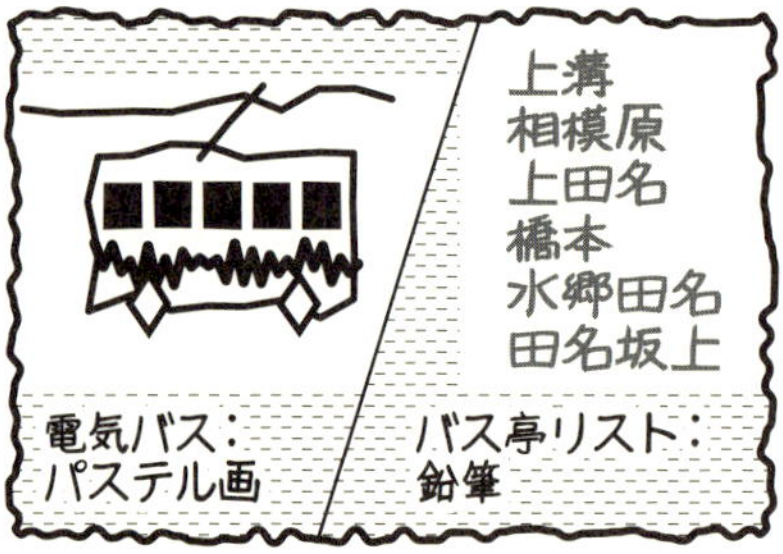

電気バス：パステル画
バス停リスト：鉛筆

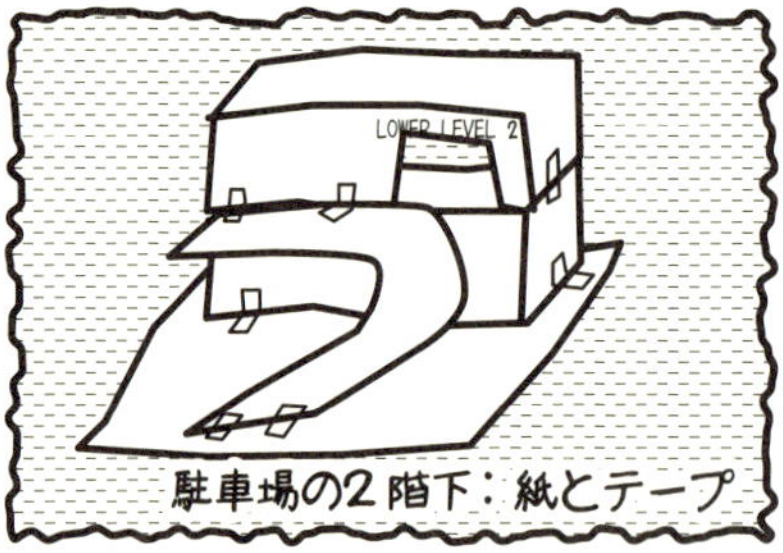

駐車場の2階下：紙とテープ

スポンジボブのシーン：鉛筆

ぬいぐるみ並べ中
何してるの?
I am making a crowd (群衆)
ポ〇モン大全集
ウォ〇リーをさがせ
〇〇図鑑とか、〇〇大全集とか、大好き
日本人としては空間の美がほしいのだけど
パンツマン
ごちゃ
ごちゃ
納得
自閉症的な作品が自閉症児に自閉症的にインスピレーションを与えて新たな自閉症的作品を作り出す。アートにおける自閉症連鎖現象である
うんうん

こだわりのうめつくし系

どうやらMは、
うめつくし系ビジュアル
(似たようなものがどわーっと一カ所に集合)が
好きなようだ。

好きな絵本も、
マンガも
このうめつくし系。
描く絵にも
そういう傾向がある。

ていうか、
そもそもそういう絵を
描ける人は、
そうとうこだわり傾向の
ある人ではないか
と思う。

あくまでも
Mママの勝手な想像
だけど……。

頭を開いて見てみたい

うめつくし系が好きな
Mは一時期、
アニメ「スポンジボブ」
の群衆シーンばかり
描いていた。

ある日、
絵に描くだけでは
飽きたらなくなったMは、
次のプロジェクトを開始
した。

それは
「アニメのシーンで
それぞれのキャラが
どのフレームで
目を閉じたかの表」
の作成であった。

Mにとって
お絵描きや工作は、
実はリサーチに
近いのではないかと
思い始めたMママであっ
た。

「スポンジボブ」の群衆のシーン
見ないでかけるのがすごい
この頃になると、紙のサイズもいつも8.5x 11インチと決まって来る
もくもく
また絵を描いているのね?
群衆のキャラクターのまばたき表
アニメのコマ数
0
1
2
3
4
5
6
それぞれのまばたき
はぁ?
紙が足りなくなってテープでつなげている
やっぱり頭を開いて見てみたい

8歳頃の作品
この後このシーンのまばたきのデータを作りはじめた

アートキャンプ

長い夏休み、何か得意なことに集中できるようにと、美術館のサマーデイキャンプ*に申し込んだ。

選んだのは「キャラクターデザイン」のコース。自分で作ったキャラクターでアニメーションを作るというもの。

予想通りMはこのキャンプを大層気に入り、DVDも完成した。

しばらくの間、何かと言えば自作アニメを人に見せたがった。

マンガやゲーム大好き
キャラクターデザインキャンプ
手作り衣装を着た舞台あいさつ
Mは EYE BALL MAN
カンドー
エヘン
作品はDVDにしてもらえる
会う人会う人に見せるM
僕のアニメみたい!?
も、もちろん!
いやとは言えない友人アーチスト

＊サマーデイキャンプ：サマーキャンプの日帰り版。

ある日突然……

アートのキャンプに通うまで、Mはほとんど色を塗るということをしなかった。

いくら教えても印を付ける程度の色塗りなので、Mママは好みの問題と思うことにしていた。

ところが、キャンプに参加して以来、Mの絵はテッカテカに塗りつぶされた……

いったい誰が、どのように教えたのか？ この時からMの絵は力強くなり、家中にちびた鉛筆の山が散乱した。

まるで色指定
ちょん
ちょん
うんうん
それもスタイルかと
線描の巨匠とか？
サマーキャンプに行ったら
塗りすぎて てっかてかー
濃く塗れてるじゃん
ちびた鉛筆の山
極端だなぁ
ぐりぐり

漢字フェチ

9歳の頃、Mの心をとらえたのは、漢字だった。日本語に興味を持ってくれるようにとMママは日本のマンガを読ませた。

漢字表
漢字辞典
かき
かき

すると、日本語放送で日本のクイズ番組を見ていても、漢字のコーナーがあると、飛んで来るようになった。

みみず！
蚯

そして、家中がMの書いた難読漢字で埋め尽くされた。

俯瞰

実はこれ、Mのこだわりを利用して漢字を覚えさせようというママの企みだった。

漢字博士
これなんて読むのか知ってる？
でもなんでウツ？
鬱

鼻血アート

粘膜が弱いのか、
小さい時からMは鼻血を
よく出した。

鼻血
出ちゃった

ある日、
Mはトイレに
こもったきり
しばらく出てこなかった。

心配して中をのぞいた
Mママはびっくり。

きゃあああああああっ！

そこにあったのは、
白い洗面台の上に
真っ赤な血で描かれた、
完璧な水玉模様だった。

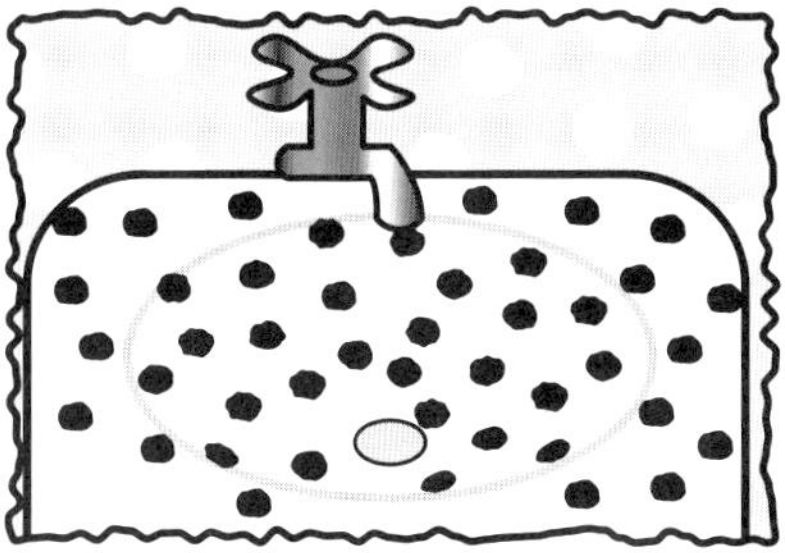

ハンコアート

水玉で思い出すのが、
Mが2歳の時にママが
履歴書を書いていた時の
こと。

…
ポン
ハンコ押してと

Mが何やらやってるなー
と思ってそっとのぞいて
見ると……

もくもく

そこにはなんと……

きゃあああああああっ!

ハンコを使った
とてもプリティーな
水玉模様のアート作品が
あった。

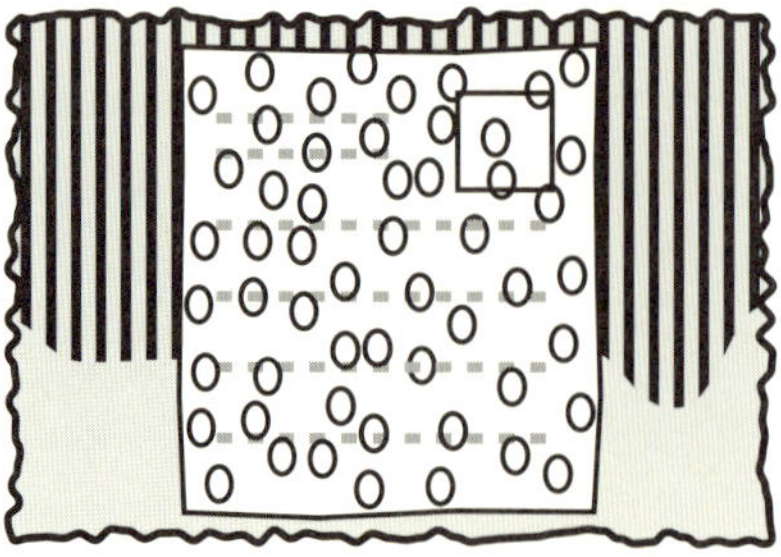

ちびた
鉛筆

ちびた
クレヨン

ちびた
消しゴム

こだわり

アート作品にも現れていますが、Mには独特のこだわりが多くあります。「○○は絶対これでなきゃ」「こうでなくてはいけない!」という「マイルール」を作って、その秩序を守ろうとします。それで周囲の大人を困らせることもしばしばでした。

このこだわり（というか執着）でとくに困ったのが、物がなかなか捨てられないことでした。私も物持ちはいい方ですが、Mはスペシャル。こわれた物や、これはもうゴミとしか考えようがないと思われるものでも、こっそり捨てるとゴミ箱をあさってでも見つけ出してくる始末。

こだわりは物に対してだけではありません。

決まったルーチン（習慣）へのこだわりがあり、一見無害なこだわりでも度を過ぎると困ってしまいます。今思うと、これらは自閉症の特徴でもある「いつも同じを好む」という性質からきていたのかもしれません。

コーディネートはこうでねえと

M、4歳くらいの時の
こだわりのブランド。
それはオールドネイビー。

ブランドというより、
オールドネイビーの文字
が入っているシャツを
着ることにこだわって
いたのかもしれない。

町で他の子が着ていると
ママに報告してきたり、
その子に話しかけてしま
うくらいの
ご執心ぶりだった。

Mは、その年のオールド
ネイビーの宣伝にかなり
貢献したと思います。
ハイ！

コーディネートはこうでねえと
OLD N○VY
字が入ってないといや！
これちがう これちがう
マジックで書こうか
洗い替えないし
あ！
オールドネイビー
それが何か？
オールドネイビーの宣伝しています。
ペコリ
謝礼はTシャツ1年分で結構です。よろしくお願いします。

捨てられない

Mは物を大切にする。
ていうより、
たとえ壊れていても、
捨てられない。

そんなMが、
ある日おかしなことを
言った。

なんと靴底に大穴の開いた靴を履いていた。
靴下の穴ならまだしも、
靴の穴は危険である。

嫌がるMを連れて
靴屋へ直行したMママで
あった。

バックパックをなくした時も
よかった やっと買い替えられる
しくしく
穴の開いた靴下を履くと、地面がひんやりするの
何ですと?
べろーん!
肌
どうりで最近靴下にすぐ穴があくと思ったら
いいのー この靴が好き

水飲み場にハマる

ある時期、
Mは公共の場にある
水飲み場にハマった。

水飲み場を見つけると、
のどが渇いていても
いなくても飲まないと
気がすまない。

まるで世界中の水飲み場
をすべて制覇しようとす
るかのよう。

そう……、
いつでもどこでも飲もう
とするMなのであった。

ハッ
ごくごく
ごくごく
お水ならあるのに
汚い病院の水でさえ…
そこはやめてー！

メリーゴーラウンドにハマる

3歳のMがハマったもの
がメリーゴーラウンド。
Mは好きになったら
トコトン執着する。

8歳でもハマったまま。

12歳でも
メリーゴーラウンドを
見ると、
乗らずにいられない
らしい。

身長制限などもあるので、
我慢させられることも
多いが、今でも乗りたい
と思っているらしい。

3歳
ゴールデンゲートパーク
5年後
SF現代美術館の公園でも
12歳
CAROUSEL
10年後
…。
モールでも
並んでる
No!
(パパ)

学校区*の診断テストを受けたが……

最初にMに対して「自閉症スペクトラム**」（アスペルガー症候群***）ではないかと推察したのは、実は日本人でした。2004年、Mが2年生の夏休みに日本に里帰りをしたとき、実家のある神奈川県で教育相談を受けてそう言われたのです。

アメリカに戻って夫や教師たちに「日本で自閉症かもしれないと言われた」と伝えましたが、あまり真剣に取り合ってもらえませんでした。

2005年、Mが8歳のときに、夫にも同意を得、Mはアメリカでようやく一度目の診断テストを受けました。私と夫、担任の先生などからの聞き取り、Mの行動観察、そしてさまざまなテストを4日間に分けて受けました。

・相違検知能力スケール（DAS＝Differential Abilities Scale）
・ウッドコックジョンソン学力テスト 第3版（WJⅢ＝Woodcock-Johnson Tests of Achievement 3rt Edition）
・視覚運動統合のビアリー発達テスト（BMI＝Beery-Buktenica test of visual-Motor Integration）
・文章完成テスト（SCT＝Sentence Completion Task）
・ギリアムアスペルガー症候群障害スケール（GADS＝Gilliam Asperger's Disorder Scale）など。

しかし、結果は「アスペルガーではない」でした。

*学校区：日本の教育委員会にあたります。
**自閉症スペクトラム：自閉症、アスペルガー症候群などを広汎性発達障害の連続体の要素ととらえる見方。
***アスペルガー症候群：自閉症スペクトラムのなかで言葉や知的発達の遅れのないタイプ。

Mはアメリカ人

2004年の夏。
小学校2年の夏休み、
日本に帰省した時、
Mは小学校に体験入学を
させてもらった。

マイペースなMには
日本の学校は
合わないだろうと
思っていたのだが、
心配無用だった。

なぜなら、日本では
「アメリカ人」
というすばらしい言い訳
が通用したからである。

どうやら「外国人」であ
るということは、発達障
害の兆候をカバーして余
りあるほどのインパクト
があるものらしい。

日本で教育相談

Mに何かがあると思いながら、それがいったい何なのかわからなかった。

日本への里帰り中、実家のある神奈川県の教育相談所に相談をしてみた。

話を聞いてもらうだけのつもりだったが、その場で簡単なテストをしてくれた。

短時間で何がわかるのと、期待もせずに待っていた。そこで初めて「自閉症」という言葉を聞くことになった。

いったい彼には何があるのだろうか
もしもし?
別室に消える事30分
テスト室
ちょっとあっちで遊ぼうか!
自閉症スペクトラムの可能性がありますね
えーっそっち(ADD*じゃなくて)かー!

＊ ADD：注意欠陥障害。

パパの気づき

ずっと診断を渋っていたMパパが診断テストに同意したのには理由がある。

アメリカではIDEA＊という法律で、「すべての子どもに無償でその子に適した公的な教育を受ける権利」が保障されている。

そのため障害によって能力が発揮できていない子どもには「個別教育計画」も作られる。

Mの将来を考えると、この「個別教育計画」を作ってもらった方が得だと、Mパパが気づいたからである。

テストして下さい
3年生の担任
IDEA
すべての子どもが無償でその子に適した公的な教育を受ける権利がある
アメリカは凄いなあ
Mの場合…
ぼーっ
学力テスト
知能テスト
あくまでも打算的
デメリット
メリット
診断受けた方が得なんだ
ほれ、ここサイン

＊ IDEA：0～21歳の障害を持つ個人の教育について定めた連邦法（Individuals with Disabilities Education Act）。

アスペでないと診断

Mの最初の診断テストでは、ママだけがインタビュー形式のGADS（ギリアムアスペルガー障害スケール）の質問に答えた。

当時のMママは英語があまり達者ではなかったが、そこでの発言がアセスメントに重要な役割を担うとは思っていなかった。

そんな診断テストの結果は「アスペでない」だった。アスペの兆候がそこかしこに現れていたにもかかわらず……

Mに診断がおりなかった原因のひとつが、実は自分の英語のせいだったとママが気づくのは、もう少し時間が経ってからの事である。

Mのアセスメントでお母さんのインタビューをしたいのですが。
心理士
?
インタビューにて
常同行動はありましたか？
常同？分かりません。
わからない程度という事ですね。
母親のアセスメントの結果、Mはアスペルガーではないと判断される。
数年後、読み返すと…
認知特性 ない
反復的・常同的行動 ない
アスペルガー ない
そんなー！
猛反省

ゲームキャラのぬいぐるみを
一列に並べたベッド。
列の最後はもちろん自分。

アスペルガーの診断

4年生の担任は、私達に再度の診断を勧めてきました。

そしてその頃、学校に転任して来た新しい心理士による2度目の診断テスト*が行われました。1度目と同様のテストの結果、２００７年2月、Mにアスペルガー症候群という診断が下りました。M、10歳の時です。

診断後、私はアスペルガーについてさまざまな文献を読みました。そして、今までの私の「マイペース育児」が揺らぎはじめました。これまで「人と違うこと」はいいことなのだから、それをありのまま受け入れ理解することが、愛情だと思っていました。

でも、発達障害の子どもたちには自主性の発達を待つだけではない、背中を押したり教えてあげることが大切なのではないかと思いはじめたのです。

＊診断テスト：ちなみに学校の心理士による診断は、学校でのニーズを調べるもので、正式な診断ではありません。Mはその後、臨床心理士によるより正式なテストを受け、「高機能自閉症」の診断を受けました。

突然引かれた境界線

10歳の時、学校区によるテストを受けた結果、Mに「アスペルガー」の診断が下された。

この頃までには、Mが問題を抱えていることがわかっていたが、診断直後はやはり複雑な心境になった。

例えば、今まで普通にクラスメートだった子からのこういう質問には、なんと答えたらいいのだろう？

診断によって突然に引かれた境界線。いつか気にならなくなるのだろうか？

2007年
サイコロジカルレポート
ズッシリ
どこで聞いたかクラスメート
ねえねえ、M君のママ
M君はスペシャル・エジュケーションなの？
え
え？あ、ああ うん、多分？
（って聞いてどうする？）
こーゆーとき ベテランママなら『笑顔』で『そーよ』って言えるのかなー

アスペママ1年生

Mにアスペルガーの診断が下って、Mママはアスペママになった。
広い意味では自閉症とも言えるので
自閉っ子ママの仲間入りでもある。

まったくの駆け出しママ。
文献を読んで
勉強する毎日だった。

お子さんが早くに診断され、長い間療育をしているママに会うと、子どもが年下でも大先輩である。

何にも知らないのに
アスペママやら
自閉っ子ママだなんて
名乗っていいの?
変なところで悩んだMママだった。

ママ歴は10年だけれども…
アスペのママは1年生
勉強しなくちゃ
フムフム
AUTISM
おたくも自閉症?
自閉っ子ママ歴8年生
まだまだ私は青いなあ
謙遜?
いやぁ自閉症って言うほどのものでもないのかな?
なんか受け答えが変

図説、アスペルガー症候群

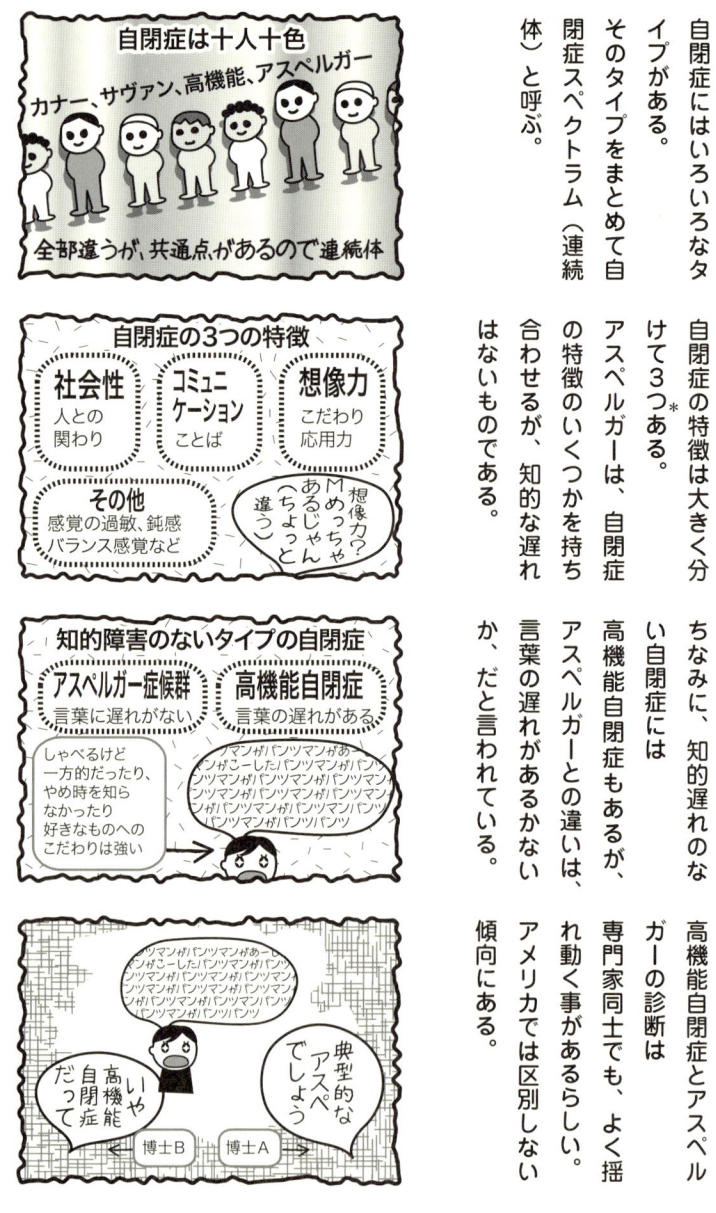

自閉症にはいろいろなタイプがある。
そのタイプをまとめて自閉症スペクトラム（連続体）と呼ぶ。

自閉症の特徴は大きく分けて3つ*ある。
アスペルガーは、自閉症の特徴のいくつかを持ち合わせるが、知的な遅れはないものである。

ちなみに、知的遅れのない自閉症には
高機能自閉症もあるが、
アスペルガーとの違いは、言葉の遅れがあるかないか、だと言われている。

高機能自閉症とアスペルガーの診断は
専門家同士でも、よく揺れ動く事があるらしい。
アメリカでは区別しない傾向にある。

自閉症は十人十色
カナー、サヴァン、高機能、アスペルガー
全部違うが、共通点があるので連続体

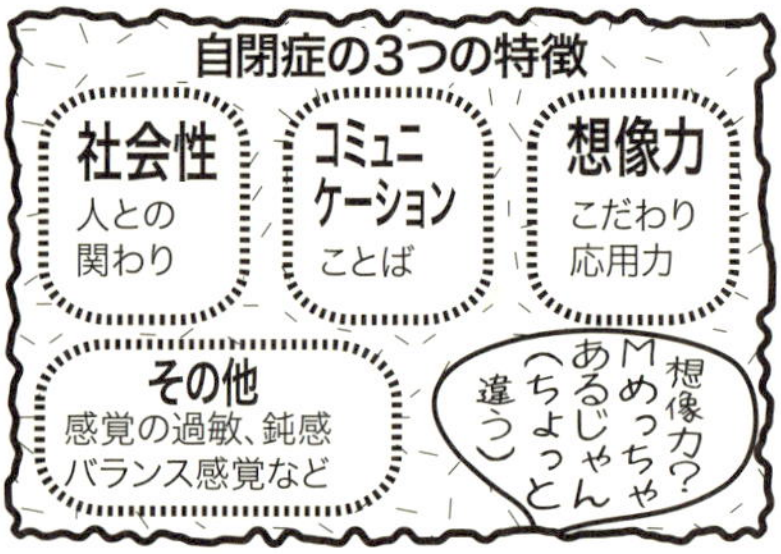
自閉症の3つの特徴
社会性
人との関わり
コミュニケーション
ことば
想像力
こだわり
応用力
その他
感覚の過敏、鈍感
バランス感覚など
想像力？Mめっちゃあるじゃん（ちょっと違う）

知的障害のないタイプの自閉症
アスペルガー症候群
言葉に遅れがない
高機能自閉症
言葉の遅れがある
しゃべるけど一方的だったり、やめ時を知らなかったり好きなものへのこだわりは強い

典型的なアスペでしょう
いや高機能自閉症だって
博士A
博士B

＊『あなたがあなたであるために』吉田友子著
ローナ・ウィング監修（中央法規出版刊）より。

ま、とりあえず

まったく心理学の発展はめまぐるしい。だいたいアスペルガーなんて診断名、私が小さい頃はなかったし……

Mだってちょっと前までADHDって言われてた（それは今もあるかもしれないが……）。

診断テストの聞き取りに対する答えだって、かなり主観が入ってMパパとMママの回答が全然違っていたし。

Mがアスペルガーだなんて100%は信じられない。「個別教育計画」には診断名が必要だからそういうことにしてあるって感じ……。

ADD AS LD
ADHD PDD
耳が聞こえてないからとか
ESLだからとか
一人っ子だからとか
男の子だからとか
歴史的にもアスペルガーは発見されて日が浅い……
なるほどふむふむ
asperger
疑り深い
ま、とりあえずアスペルガーだったということにしよう

パックマン遊び

10歳の頃、Mのマイブームに強力なアイテムが加わった。
ゲームのキャラである。

どうやらMはパックマンのパターン化された動きにハートをキャッチされたらしい……

ほどなくMの行動に新たな変化が現れた。
そう、パックマンの手遊び……

とうとうこの手遊びは隣の席の子に直接の被害を及ぼすまでにエスカレートした。

それは…
パックマン
ゲームはやだっていったのにー
どうして買っちゃったの?
欲しかったんだもん
とうとう
パクパク
やめてー
どうして買っちゃったの?
先生も…

とりつかれてる？

昔は自閉症の子は
けっこう
大変だったらしい。
何かがとりついていると
思われたり……

親もいろいろ
大変だったらしい。
愛情不足と責められたり、
虐待を疑われたり……

今は研究が進み、
そういうことはさすがに
言われなくなったが、
それでも原因や治療法は
不明である。

いやもしかしたらMは何
かにとりつかれているの
かも……（なわけない）。

悪魔付き
エクソシスト
悪霊退散
？
心の病気
息子よー
それもひどい！
虐待容疑で逮捕
生まれつきの脳の違い
それにしても悪魔払いはないよねぇ
うちの場合、それをいうなら
そういう問題ではない
パックマンぱらい？

Mがクラスでナンバーワン

5年生の時、
先生からちょっと
うれしい報告があった。

クラスの女子が、
みんなで男子の話を
していた時のこと。

「クラスでいちばんナイ
スな子は？」
の質問に全員一致で
「M」
と答えたそうな。

Mよ、
これがどれほど恵まれて
いることなのか
君にはまだまだ
わかるまい……。

先生曰く
今日はいいニュースがあります。
Who do you think the nicest of all the boys in the class?
クラスで一番ナイスな男子は？
That would be M!
やっぱりMね！
やるじゃん
くおの
くおの

卒業おめでとう！

診断を受けた後の、
5年生の学校生活は
恵まれていた。
「個別教育計画」で
ランチクラブという対人関係などを学ぶプログラムを受け……

ランチクラブ
（ソーシャルグループ）

ふつうの5年生らしく、
いろんなことにチャレンジさせてもらった。

日本町で太鼓パフォーマンス
カンドー

意地悪した子は
先に卒業しちゃったし、
学校は年下ばかりだったし……

5年生は最上級生
大きい
体操のお兄さんか？

M、いろいろあったけど、
このサンフランシスコの
小学校は
いい学校だったね。
卒業おめでとう！

卒業写真
カシャ！

卒業おめでとう!

サクラメントへ

２００８年５月、11歳で小学校卒業をきっかけに、長年住んだサンフランシスコから、サクラメントに引越しました。転居の理由は、Ｍの生活環境を少しでも改善したいと考えたからでした。

サンフランシスコのアパートは家族３人で住むには狭く、友達を呼ぶこともできませんでした。おなじ家賃で地方都市のサクラメントでは庭付きの一軒家に住めます。私も家賃を払うために夜遅くまで働く必要もなくなり、パートでなんとか暮らしていけそうでした。

今度こそ、Ｍのサポート体制が整えられると思っていたのでした。

ところが、引越してまもなくその地域の治安が予想以上に悪いことがわかりました。サクラメント市はギャング対策に手一杯で、Ｍが通う小学校の「個別教育計画」にお金をまわすどころではなかったのです。

いかにサンフランシスコの学校が積極的にＭの将来を考えてくれていたのかを痛感しました。そして、私がＭの教育に積極的に関わらなければいけないと思うようになりました。

夢のマイホーム

Mの卒業を期に、サクラメントの一軒家に引越した。
引っ越しの目的はMの生活環境の改善である。

それまでの窮屈なアパートを出て、庭付きの一軒家に住めば、Mも少しは体を動かすと思ったのだ。

Mパパも庭にあった壊れたプールを直したり、ガーデニングにも精を出した。
でも、これがなかなか大変。

Mが外で遊ぶ日は、まだまだ遠い先のことである
(ちなみにプールは撤去することになった)。

2008年
サンフランシスコ
ベッドの下でゲームボーイにふけるM
サクラメント
プールで元気に泳ぐM(のはず)
数カ月後…
壊れたプール
世界一汚い庭のコンテスト優勝だね(パパ)
砂利の山

人が呼べる家

社会性を育てるためには、親が社交的になるのがいいらしい。
例えば家に人を呼ぶとか……

せっかく一軒家に引越したのだから、家をきれいにして、Mの友達も呼べるようにしたい！

と息巻いたものの、よそのすばらしいお宅を見た後、
家に帰ると自分のセンスのなさにガックシ。

それでもMのため、人が呼べる家めざして今日も頑張るMママであった。

みんなおたく
家ではそれぞれバラバラで活動
うちの庭にも池を
庭に池を作ったのよ
まあすてき
現実は…野良猫のトイレ
ガックシ
よーし、せめて家庭菜園頑張るぞ
本当は二の腕対策？

過保護なMママ

サンフランシスコの小学校を卒業したMだが、サクラメントの小学校は6年制で、Mはもう一度小学6年生になった。

この学校は家から目と鼻の先。近所の他の子は歩いて登校してたが、都会育ちのMはまだ一人で出歩いたことがない。

大通りの向こうには治安の悪いエリアもあり、まだまだ一人は心配。

そこで「遠距離通学」のふりまでして、結局学校までついて行ってしまう過保護なMママだった。

ひそかによろこぶ親達
やった！まだ中学に入れなくてすむ！
卒業したのになんでぇ？
怪しいトレーラーパーク
ダメ！ダメ！
車のカギをちらつかせて遠くから来ているふりをするのがポイント

Mルール

Mのお迎えはやたらと時間がかかった。

なんせ、下校のベルで教室を出てから、校庭で忘れ物の再確認を行う。

ようやく歩き出しても、なかなか校門までたどり着かない。

Mは校舎の壁に沿って直角に歩くという「Mルール」を作っていたからだ。

自閉っ子に遭遇

自閉症関係のネットで知り合った自閉っ子のママに会いに行った。
彼女はサクラメント近郊に住んでいた。

お子さんは重度の自閉症。Mもノンバーバル＊の子と関わるのは初めての体験。

案の定、子ども同士は遊ばなかったが、ママ同士、お互い日本人で、子どもが自閉症スペクトラムとなると、話は尽きない。

Mをダシにしてこの E君の家に通うMママなのである。

おじゃましまーす
はじめまして！
はろー…
ニコニコ
E君 9歳
11歳
E君もこういうのする？じゃあこれは？
やるやるーやっぱり似てるねえ！
おもしろーい
E君と遊ばせにいってきまーす

＊ノンバーバル：言葉を話さないこと。

マジックワード

Mがｅ君にゲームボーイを奪われた。言葉が通じない相手との関わりは初めてのMは、うろたえるばかり。

そこでMは、EママにE君とのコミュニケーションの取り方を伝授してもらった。

さっそくMもやってみた。するとバッチリ通じた。

通じるとおもしろくなったのか、何度も何度も挑戦するMであった。

シドロモドロ
僕のゲームボーイ返してください
こーするのよ
目を見てはっきり『My turn』って言って
パッ
ま、My turn…
パッ
また言ってるし
マジックワードかなんかと思っているらしい
パッ

規則にこだわる

Mにとって、何かの注意書きや学校の壁に貼ってある校則ポスターなどの情報はかなりインパクトがあるようです。もちろん、ルールを守るのはいいことなのですが、ときには融通が利かず困ることもあります。

例えば、栄養表示表に記されている適量表示に「クッキーは1人1個」と書いてあると、ふつうは「目安」にしかしないものですが、それをそのまま守るのがMです。どんなに好きなものでも、お腹がすいていても、適量表示に書いてある通りの食べ方をするのです。

どうしてMはそのようにルールを厳格に守るのでしょうか。

思うに、Mにとってこの世の中はとても曖昧なことだらけの「カオス」なのかもしれません。「空気を読む」ということがわからず、「暗黙の了解」が理解できず、「常識」というものを期待されても見当もつかない。そんな混沌とした中におぼれている時に、唯一ハッキリわかる目印が「注意書き」であったり、「校則」であったりするのかもしれません。

つまり、ルールを守ることがMにとって安心を得る行為なのだろうと想像しています。

厳格主義者

Mは決まり事は
きっちり守る。

そして、
一度守ると決めたら、
臨機応変ということを
知らない。

わからんちんのくせに
口だけは達者だから……

減らず口をきいては、
よくママにしかられる。

フロントシートの注意書き →
12歳以下の人はエアバッグで窒息する恐れがあります。
12歳か…（M）
後部座席が荷物でいっぱいでも
前はキケン
無理！スペースないもん
Ages 12 & under（12歳以下）はダメって書いてるけど？英語分かる？
ムカッ
えっへん
いーいから乗れ！

正直ダサイ

転校先の小学校は、治安が悪いエリアにあるせいか、校則がきびしく、制服もある。

Mは真面目だ。ルールがあると、それを厳格に守る。

見本のポスター通りの着方でないと満足できない。ズボンも上まできっちり上げてはく。

正直、ダサイのである。

きっちり
さわやか!
優等生
スタイル
じーー
ズボン上げ過ぎー! バランスが変だよお
みんな裾出してるじゃん!
遠くから見ても腰の高さで一目で分かる

努力が裏目に出る?!

サクラメントの学校は、身だしなみ、遅刻、宿題など校則がたくさんあり、違反者には罰則があった。

もちろんMは律儀にすべての校則を守ろうとする。

律儀なのはすばらしいことだ。
でも……

要領がよくないので、結局、努力が裏目に出ることが多い（ような気がする……）。

身だしなみはキチンと
制服ポスター
だからズボン上げすぎだってば！
まだねぐせが
なで付け過ぎだよぉ
いつまでとかしてんのよ
イラ
たった一本
だってねぐせが！
遅刻しちゃ意味ないでしょ！
来いっ
身だしなみはきちんと——！
ずるずる

キチンとグチャグチャ

Mは几帳面である。
番号とか、
アルファベットとか、
「順番があるもの」は、
とにかくキチンと並べる。

その几帳面さは、Mの部屋のそこかしこに見受けられる。

こう書くとMの部屋はさぞかし片付いていると思われそうだが、
全然そうではない。

なぜならMには全体が見えていないから、一部分を除いてグチャグチャなのである。

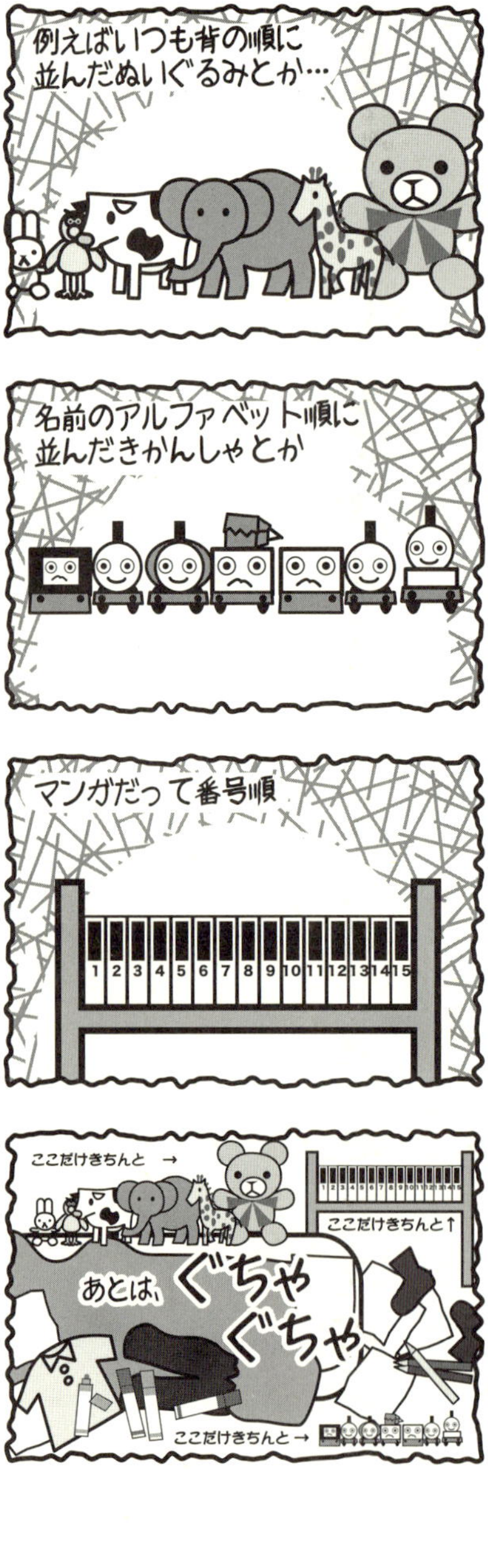
例えばいつも背の順に並んだぬいぐるみとか…
名前のアルファベット順に並んだきかんしゃとか
マンガだって番号順
1 2 3 4 5 6 7 8 9 10 11 12 13 14 15
ここだけきちんと →
ここだけきちんと↑
あとは、ぐちゃぐちゃ
ここだけきちんと →

Ｍママ、ＡＢＡのセラピストになる

10歳でＭがアスペルガーと診断されてから、さまざまな文献を読みましたが、どうしてもＭがアスペルガーだという実感を持てませんでした。

インターネットで「アスペルガー／自閉症」の項目を検索し、そこに投稿されたビデオを見たりもしましたが、理想化されたノスタルジックなスライドショーだったり、逆に極端に問題行動に焦点を当てたものだったりして、なかなかＭと同じようには見えなかったのです。

私は、Ｍとそっくりなアスペルガーの子どもたちの姿を至近距離で長時間、見るのがいちばんだと思いました。そして最適な仕事に出会いました。自閉症の子のいる家庭を訪問して、一対一でＡＢＡ＊（応用行動分析）を行うホームセラピストの仕事です。

彼らと接し、私は「Ｍが確実にアスペルガーだ」と実感することができました。

私はＭの状態についての疑問が解消してからもセラピストの仕事を続けました。経済的な事情もありましたが、自閉症に適しているといわれるこのＡＢＡを本格的に勉強すべきだと思ったのです。

＊ＡＢＡ（応用行動分析）：正しい行動のみにほうびを与えることで、適切な行動を増やし不適切な行動を減らしていく教育方法。アメリカで自閉症児の療育に効果をあげています。

やっぱりアスペルガー！

10歳の時、Mがアスペルガーと診断されてからも、それが本当なのか確信を持てなかったMママ。

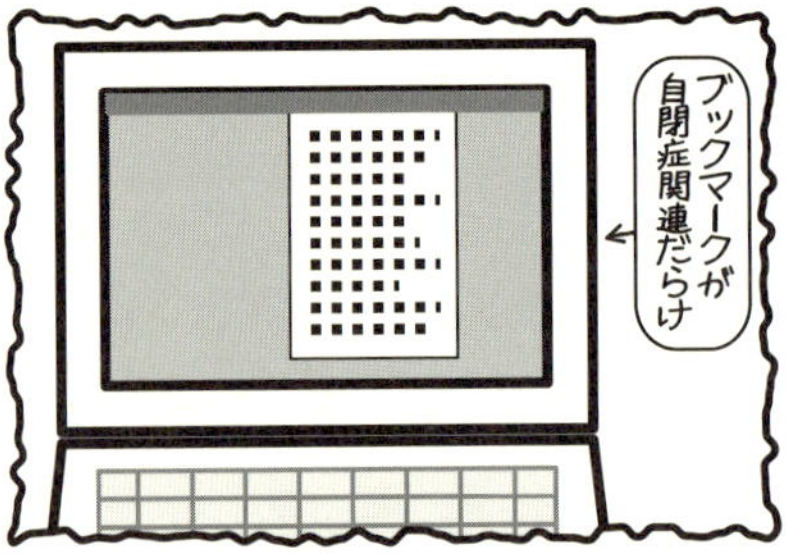
ブックマークが自閉症関連だらけ

そこで、アスペルガーを含む、自閉症スペクトラムという障害を自分の目で確かめたくなった……。

なにせ最初はADDとかいわれてたし
カチャ
カチャ

とうとう自閉症専門のホームセラピストになることにした。

ABA TUTOR
応用行動分析のセラピスト

そこで出会った子どもたちのしぐさや行動に、Mママはデジャブ＊を覚えた。

Mへの診断は間違いでなかったことに気づく。

かわいい この目つきも
左右に揺れる 面白いこの ダンスムーブも
これはまさに! 息子のオリジナル (だと思ってた) ネタのオンパレードだった
ゆかいな この音も!

＊デジャブ：既視感。あっ、前にもあったという感じ。

ＡＢＡを勉強しよう

自閉症をこの目で確かめたMママだが、今度は自閉症に適した関わり方を知りたくなった。

ＡＢＡは未知の分野。一からきちんとトレーニングをしてくれると評判のエージェント（教育専門会社）に勤め、研修を受けた。

しかし、いくら研修を受けても、実際の子どもの状態はさまざま。ケースバイケースの対応が必要になる。

だから、なめてかかると痛い目に遭う（文字通り）。

息子よ
ママ勉強するね
11歳
トレーニング中
強化子《きょうかし》＊は子どもが正解した瞬間に渡して
サッ
クライアントは十人十色
違う年齢　違う人種　違うタイプ
噛まれるから口の近くに手を持ってかない！
ひょえー
癇癪《かんしゃく》

＊強化子《きょうかし》：ごほうびのこと。

マイペースじゃだめなの？

Mが小さい頃の育児は「マイペース育児」がモットーだった。

Mの個性をあたたかい目で見守るつもりだったし、時間さえ与えれば、彼のペースで成長すると思っていた。これは間違いなかったと思う。

だが、セラピストをして、まったく違う考えがあることを知り、ショックを受けた。

確かにMは新しいことに自分からは挑戦しない。もう少し背中を押さないといけないのかもしれないと、M、11歳にして思うのだった。

あ
あ
個性的で結構
公園の柵につかまり左右に揺れるM
3年生をもう一度やった
今度は友達作るんだよ
大前提 自閉症の子は、自然に自分の身のまわりから多くの事を学べず発達がスローです。だから彼らにはそのスピードを早める手助けが必要なのです。
がーん
スロー？待ってちゃだめなの？
自主性に任せていたのでいつまでたっても乗れないままの自転車達
プイッ

スーパー・ナニー様？

イギリスのテレビ番組に「スーパー・ナニー」というのがある。ナニーは「出張しつけ屋」のようなものだ。

ナニーは、きかん坊がいる家庭を訪問して、正しいしつけを伝授する。ん？　それってセラピストに似てるかも？

ＡＢＡのホームセラピストもよそ様のお子さんのしつけのようなことをする。

そしてナニーのように、おうちの方に偉そうなことをいう。まるで、スーパー・ナニ様だ!?

ピンポーン
スーパー・ナニーよ！
TIME OUT!
ピンポーン
○○（エージェント）から来ました。エリコです。
ジタ
バタ
お母さん、今は目を合わせないで完全無視です
オロオロ

鬼のセラピストで結構

セラピストは感情に流されてはいけない。時にはロボットにでもなったつもりで、正しい対応をするべきだ。

だけどMママも人の親。複雑な母心は痛いほどわかる。

母親としてのMママは、セラピスト的なことなんてやったこともない。

わが子にはどうしても甘くなるのが母親。だからセラピストという存在が必要なのかもしれない……。

大げさにほめまくる

同僚のセラピストたちは子どもが正しいことをすると大げさにほめる。

こうすることで言葉がわからない子でも声のトーンや顔の表情で「ほめられてる」とわかるという……。

ＡＢＡはチームで行う。年齢、性別、人種などに関係なく、チームで協力して子どもを助ける、フェアな関係。

でもひとつだけ、あんまりフェアでないことがある。それはＭママにだけ笑いジワが出ることである。

Good Job!!
(よくできたね!)
声でかっ
YEAHHHHH!!
レッスン:マッチング
同僚A
大学生
同僚B
高校生
私はアラフォー
ピチピチ
ピチピチ

セラピストはクロコ

ABAで「身辺自立訓練」のためによく使うのがタスク・アナリシス（TA）である。

TAは、一連の行動を細かく分けて手順を教えるレッスンのことで、少しずつ段階的に補助を減らしていくのが重要。

子どもがセラピストを頼り過ぎないように、言葉もできるだけ掛けずに、少しずつ身を引いていくらいの感じがちょうどよいといわれる。

でも、ついつい応援したくなり、声が出ちゃったりするので、これがなかなかむずかしい。

好きならよし？

ビデオを「強化子《きょうかし》」（ごほうび）にがんばれる子がいたので、卓上の同じ絵カードを合わせるマッチングレッスンに使ってみた。

スピードが勝負のレッスンで、ビデオはリモコンでオン／オフの操作ができるので好都合。レッスンもはかどる。

だけど最近のリモコンは、機能が多すぎるのがタマにきず。操作を間違えると……

こういうことになる。

略語が多過ぎ

セラピストの話には略語がやたらと多い。プライバシーの保護や便宜上、そうなるのだろうが……

ただでさえ専門用語だらけのこの仕事、その用語をさらに訳すから始末が悪い。

Mママはネイティブじゃない。だからとっさの質問に反応するのに数秒の時間を要する。

なんたってMママの頭の中では、このような複雑な変換が行われているのだから（ていうか、なんでSDって略すの?）。

KBのケースのことだけど
KB? KBああケーティちゃんか
クライアント宅にてミーティング中
ひっし
ERIKO, What was the SD?
(今の指示語はなんだった?)
ゲッ 私ですか?
頭の中ではこんなことが!
SD
Discriminative Stimulus
指示語
略語 → 英語 → 日本語

セラピストＭママの発見

セラピストの経験は私にさまざまな学びをさせてくれました。

ほぼフルタイムで働き、同時に5人の子どもを担当しましたが、その子に適した方法さえできればＡＢＡ（応用行動分析）はかなりの効果があるように見えました。そしてＡＢＡの効果を目の当たりにするにつれ、Ｍにも応用したいと思うようになりました。その頃私はＭに対してもセラピスト口調になっていたかもしれません。

自分の息子が自閉症であることは、私が担当した子どもたちを理解するうえでもかなり役立ったと思います。とくに「強化子《きょうかし》」（ごほうび）探しは、Ｍと好みがかなりの確率で似ている子がいたので参考になりました。

傑作だったのは、Ｍからセラピー用の用具として、機関車トーマスのおもちゃを貸してもらった時のことでした。Ｍは私に、「このエントツの穴の所につばを入れさせちゃダメだよ」と、忠告をしてきました。「なんでそんなことするのよ？」と聞き流しましたが、その子はＭの忠告どおりの行動をとったのです。やはりＭにはわかったのかなあと感心しました。私はさまざまな自閉症の子に会い、そのたびにＭについても新たな発見をしました。

わが家は「強化子」の宝庫

ＡＢＡでは「強化子《きょうかし》」はとても重要である。

子どもが「強化子」に興味をなくすとレッスンはほぼ不可能になる。

だからＭママは、あの手この手で新鮮な「強化子」を探す。そこでＭの昔のおもちゃ箱を発見。

さすが自閉症同士。好きなものが一致して、その後のセラピーははかどりまくったのは言うまでもない。

Making a deal.
交渉中
Do you want to work for it ?
不成立
あ
じゃーいらん！
プイ
ぜったいかえしてよ!
コレとコレと
強化子 BOX
M'S BABY TOYS
Hi!
大成功
とりあえずよってくる

モノが想い出

Mはモノを捨てるということしない。赤ちゃんの時のモノでさえ、捨てようとすると大騒ぎ。

必死の抵抗をするMに理由を聞いてみた。

「想い出がよみがえるから」

……

Mにとっては写真やオモチャが昔の体験を実際にあったと確認するのに必要なのかも。

ガラガラはさすがにいらないよねえ
M'S BABY TOYS
とんできてガード
ダメ!
何歳よあんた?
It brings back my memories.
想い出がよみがえるから
小さい時の僕はかわいかったねー
モノが増えて困るんですが…。

ナチュラルな時間感覚

最近気がついたことがある。それはMの時間の感覚がかなーり曖昧なこと。

注意して観察していると、こんなこと言っている……

つまり空の色で時間を判断しているの？

それって、昔のお百姓さんの暮らしみたいだ。

ねえ 今何時？
えっと えっと
あ、空が水色だから昼だ！
おてんとさん 上ったから はたらくべ
おてんとさん 沈んだから ねるだ んだんだ
ナチュラル過ぎるっての

時計の勉強

時計の読み方の練習をしてもらいたかったMママは、機会あるごとに時間にこだわる。

例えばMがやりたいことがある時を利用して、時間を区切って許可する。

練習のため、意図的に延長時間は短くする。時間延長を要求する時は時間内に申し出ること。

万一、約束の時間を過ぎた場合は、延長しないというルールを設けると、必死になって時計を確認するので効果的である。

手助け or 実力行使?

セラピストの仕事で学んだこと。それはプロンプト（手助け）を減らすことの大切さ。

でもやっぱり一緒に住んでいるとついやってしまうのが、プロンプトのオンパレード。

なんせ遅刻してほしくない！Mママの願望が強いので、その場になると、将来の自立まで考えられないのである。

で、最終的にはフィジカルプロンプト（手助けならぬ実力行使?!）になったりするMママなのである。

ゴール：自分で時間を見て学校へ行く準備ができる
イラ イラ
時計見てね！
言葉掛け バーバルプロンプト
だってねぐせが！
やってみせる モデルプロンプト
指差し ジェスチャープロンプト
遅刻しちゃ意味ないでしょ！
実力行使 フィジカルプロンプト
身だしなみは大切ーー！
ずるずる

時間内契約

学校から「朝の補習に遅れないように」という通知がきた。

悩んだ末、Mママは「7時55分に外に出るチャート」を考えだした。

初めて見るチャートに最初は半信半疑だったM。でも数日でこの契約の内容を理解したようだ。

これが効果を発揮して、その後Mの遅刻は激減した。名付けてこれを「On Time Deal」（時間内契約）。

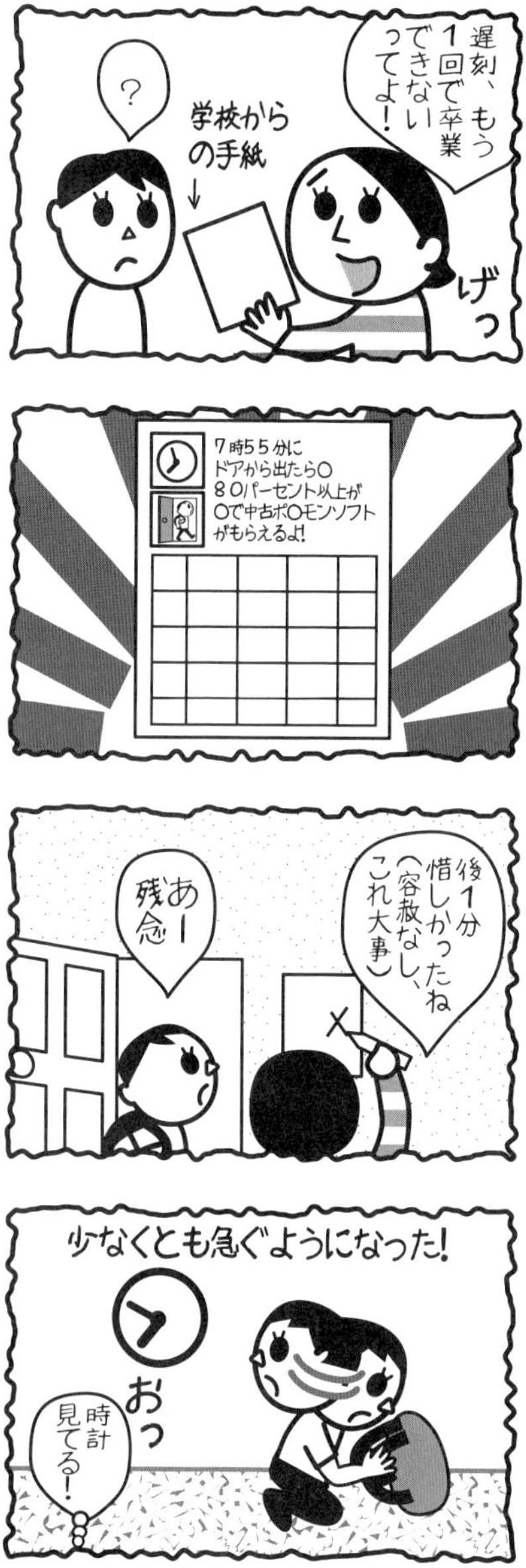
遅刻、もう1回で卒業できないってよ！
?
学校からの手紙
げっ
7時55分に
ドアから出たら○
80パーセント以上が
○で中古ポ○モンソフト
がもらえるよ!
後1分惜しかったね（容赦なし、これ大事）
あー残念
少なくとも急ぐようになった!
おっ
時計見てる!

スモールステップで行こう

中学生になるMに、一人で外歩きをすることを教えようと思うMママ。

道を覚え、交通ルールを守りながら、一人で目的地に行けるように、後ろからついて行く。

でもついついせかしてしまうのがMママの悪い癖。

それでも、最後のところは一人で行かせる。これをバックワードチェーン*と言う。

もう少しでママの背に追いつく
交差点
曲がるのはどっちだっけ?
ほら、今車来てないよ
見ないで渡るM ←
オッケー!
今日はここでお別れしようね!
おととい
きのう
きょう

＊バックワードチェーン：ステップの後ろからマスターさせる方法。

臭いで恍惚！

実は、Mが物心ついてからMママは彼の爪を切ったことがない。

Mが爪切りを恐れるあまり、爪が伸びる前に噛んでしまうからだ。

足の爪は噛む訳にいかないので、爪切りで切るしかない。

でも、抵抗して大騒ぎ。

そこでとっておきの「強化子《きょうかし》」！

爪を切らせてくれたら、「その臭いを嗅いでもいい」というごほうび。人には言えない（ってマンガに書いてるし）。

契約の国、アメリカ

働くのは家族とバケーションのため
働くのは会社のためです!
Aとったらゲーム買ってあげる
DEAL!
契約
OK!
がまんするのよ!そして心を強くするのよ!
だからってなんで寒中水泳?
結局ABAは物質主義の世の中にあってるのよね
一人で納得する
そーおー?

アメリカに住んでいると日本との基本的な価値観の違いを感じる。

モノや待遇のために働くことが当たり前の契約社会だと、親子でもこうなる。

一方、精神性を重んじる日本ではそういうのは、なかなか受け入れにくい……

ＡＢＡがアメリカで流行るのは、もしかしたら物質主義だからなのかなと思ったりするＭママなのである。

身体がしんどいのに

Mのようなアスペ（or高機能自閉症）の子は、まわりに適応しようとして無理をすることがあるようです。周囲の人がそれに気づかないうちに過大なストレスを抱え込みます。怖いのは実際は体がしんどいのに、本人が自覚してないことがあることです。

Mもほうっておくと、サクラメントから日本の実家までの旅の十何時間もトイレに行かなかったり、40℃を超える炎天下でジャケットを着ていたりすることがあります。

いくら本人が無理することができたり、苦しさを隠すことを覚えても、自閉症で生まれつき感覚が過敏な子が、過敏でなくなる（その逆もある）という事はあまりないと思います。

普段から本人の訴えに対して、周囲が「誰だってそうだよ」とか「大げさだ」とかの対応をしていると、本人はその言葉を鵜呑みにして「そうか、これはみんな我慢している痛みなんだ」と思いがちです。ただでさえ自分の不調を自覚することが困難な自閉症の子に、そうした対応をとれば身体的なシグナルを見逃す原因になると思います。

あなたは何タイプ？

ひと言に「自閉症」と
言っても、
そのタイプはさまざま。
例えば、身体的な感覚ひとつとっても、タイプが違う。

ちなみにMは典型的な過敏タイプである。

問題行動への対処法も
タイプによって
さまざま……
関わる人が子どものタイプを知ることは
とても大事。

Mよ、ママも勉強して最強のM御用達トレーナーになって「Mモンマスター」目指すからね！

過敏タイプ
ハグ
そーっ
イタイ
鈍感タイプ
ハグ
もっと強く！
ちなみにMは
ハグ
セーター
離せー ちくちくするー
あなたの場合は過敏なタイプよね
タイプといえば、
私はMモントレーナー…
これ何タイプのポケ○ン？
水
石
草

Mの恐怖感

感覚が過敏なタイプのMは、小さい頃からほかの人が理解しにくいものを怖がった。

例えば、道ばたの鳩を恐れ、鳩がいるとMママにしがみついて固まっていた。

大きくなってくるとからかわれると思うのか、怖がってない振りをするようになった。

しかし、緊張するとマバタキが超高速になるので一目瞭然なのである。

お笑いの才能

小さい時から、
言葉遊びが
大好きだったM。
最近はダジャレに
ハマっている。

受けるとうれしいらしく、
しつこく繰り返すのが
「タマにキズ」。

そんなに笑わせるのが
好きなら、
将来はお笑い芸人っ？
なんて想像してみる
Mママ。

あ、でも、ちょっとむず
かしいかなぁ。

ママ、布団がふっとんだんだって
プ
ちょっとうける
もういちど
ママ、布団がふっとんだんだって
二度目はうけません
つっこんでくれる相方がいれば…？
アホか？
ばしっ
痛がりだし
アホじゃない！
ムキになるし

それでもリモが好き

ただいまー
←なかなか入ってこない！
リモはかわいいねぇ
←クッションで防御
見てみてリモかわいいよ！
耳塞いでる
床に足がつけられない↓
本当にかわいいねえ

Mは、最近わが家で飼いはじめた小犬のリモが大好き。
心からかわいいと思っている……？

いつも口癖は、「リモかわいいね」である。
でも、なぜかクッションで肌を防御している！

心からそう思っているが、聴覚過敏なのか、耳を塞いでいる。

たとえ行動がその逆に見えても、本人が言うんだからかわいいと思っているのである。

体調がわからない

アスペルガーの人は、自分の体の不調に気づかないことがあるらしい。

だから無理をさせすぎないようにまわりは気をつけたい。
だが、これがなかなかむずかしい。

本人に自覚症状がないのだから、うっかり言うことを鵜呑みにしていると……

たちまちこういうことになる。

オリビアの歌う
体のトークをきこう
がよく聞こえないのです
夜中の12時
宿題やらなきゃ
大丈夫?
平気
学校からの電話
Mが学校で寝てます
ZZZ

極端な味覚

体の声が聞こえないと、ほどほどを知るのがむずかしい。

食べることもそう……

小さいときはひどい偏食で、食べられるものがほとんどなかったM。

ところが12歳頃を境に突如、何でも食べるようになった。

偏食が直ったことは喜ばしいこと。でも、今度は食べないでいいものまで食べる。心配はつきないのである。

11歳まで
ごはんにおかずが触った
もう食べられない〜
えー
水で流し込め
12歳から
それ、何？
エスカルゴ
それも食べたい
メニュー
エスニックレストランのスパイスセット
あれもこれも
それにしても極端だなぁ

変わってほしくない

アスペルガーの人って、
変化を好まないと言うが、
どうやら本当らしい。

例えばMママのヘアスタイルのちょっとした変化で混乱するのか、いつも同じでいてほしいらしい。

どうりで、
髪型を変えるたびに
イマイチな
反応が返ってくる訳だ。

最近、
少しずつ
Mの言動の意味が
理解できてきた気がする
Mママなのであった。

寝ても覚めてもポケモン

Mがポケモンにとりつかれてからしばらく経ちますが、その情熱は冷めません。寝ても覚めても実に楽しそうにポケモンの話をしてくれるのですが、まわりはさっぱりついていけません。

聞いているだけでは可哀想なので、ポケモンの話が思う存分できる場所を見つけました。その名もポケモン・リーグ。毎週末、コミックストアの一角を使って行われるトレーディングカード・ゲームのイベントです。

Mもまったく初めての体験でしたが、マニアックなポケモンの話を理解してくれる人がたくさんいるこの集まりに、Mはすぐとけ込めたようです。

このイベントに、正直どのようなオタク（?）が来るのかと思っていましたが、どこにでもいる普通のティーンエイジャー達でした。それでも同じものに夢中な仲間の集まりで、お互いを尊重する雰囲気もあり、気づいたら2年以上も通っていました。

ポケモン・リーグが社交場

Mの最近の話題は
もっぱらポケモン。
そこでポケモンの話を
思いっきりできる場所を
見つけた。

その名も
ポケモン・リーグ。
毎週日曜日にコミックス
トアを会場に、
トレーディングカードの
対戦をする。

カードゲームなんてした
ことがないMだったが、
ポケモンの話ができれば
そんなこと、どうでもい
いようである。

バトルではあまりふるわ
ないが、
気がつくと2年以上
通い続けている。

○○の進化系は○○タイプから別のタイプに進化出来る？
知るか、んなこと
POKEMON LEAGUE!
ん？ポケ○ンファンの集まり？
カードゲームだってよ
すっかり打ち解けている
めちゃめちゃ楽しかったぁ

ポケモンがトレーナー？

ポケモン・リーグはMにとっていろいろなメリットがあることがわかった。

毎回知らない人と対戦をするので、ソーシャルスキル*のトレーニングになる。

シャイなMも、たくさん対戦をするとカードという「強化子《きょうかし》」がもらえるのでモチベーションはバッチリである。

ちなみにゲームは暗算や読解力の訓練にもなる。大きなタイマーや成績表示もわかりやすい。ああ、学校がこんな風にならないかなぁ。

Pokemon League at comic store
対戦相手表を見て
相手を捜し、
自己紹介。
Are you M?
がや
フリータイムにたくさん
対戦すると、その分
ポイントが稼げて、
(バッジやカードがもらえる)
壁には大きなタイマーが
あり、残り時間が表示されて
いる分かりやすさ
02:00
今日は何位かな?
順位表も
貼り出され
結果が明白

＊ソーシャルスキル：社会の中で普通に他人と交わり、共に生活していくために必要な能力。

オタク道を邁進

アスペルガーの人は凝り性なのでオタクになる確率は極めて高いと思う。MママはMのオタクを止める気は、まったくない。

だいたいMはアメリカで育つ日本人。今のアメリカで知られる日本の若者文化と言えば、何を隠そうオタク文化ではないか。

アメリカに住む限りMのオタク化をとめることはなかなかできやしない。

12歳のM。ポケモンのエクスペリエンス・ポイント（経験値）は日々上昇中である。

MANGA
マンガで日本語マスター
ゲームで友達と交流
日本の事ばかにされた
何言ってるの！日本はあのニンテンドーを作った国なのよ！
ポケモン見ないで描けるの？
日本語でなんてーの？
○○タイプのポケモンがなんたらかんたら
オタク万歳

ポケモン・リーグの後、
コミックストアで立ち読みをするM

13歳のソーシャルスキル

一人っ子なので家にいるときはあまり気づきませんでしたが、ポケモン・リーグなどのように不特定多数の人がいる場で人と関わる機会あると、Mのソーシャルスキルの足りなさを痛感します。

Mはサンフランシスコの小学校の個別教育計画で、週に2、3時間ほど「ソーシャルスキルトレーニング」（SST）を受けていました。そこでMは専門家の立ち会いのもと、数人の子どもたちと一緒にランチを食べる「ランチクラブ」や、「特別支援学級」で遊びやゲームを通して挨拶の仕方や話をさえぎる時の決まり文句などの訓練を受けました。

アスペルガーの親の会でティーンのお子さんを持つ親御さんから聞いて印象に残った言葉があります。それはアスペの困難は人との関わり方が「失礼に見える事」だと言う事です。人とうまく関われない障害であるので、他の障害と違って相手に理解を求めにくいという事でした。

たしかに13歳にもなると、何をやっても「かわいい」と許される時期ではありません。人の失礼になったり、人を遠ざけないような関わり方を学ぶことがさらに必要な時期になっていました。

マキでお願い！

Mは空気が読めない。

相手からのわかりやすい
シグナルがあっても、
その意味を読み取るのが
苦手である。

Mママはいちいち
その意味を教えようと
必死である。

テレビのアシスタント・
ディレクターが使うあれ＊
がほしいと思う今日この
頃である。

＊あれ：カンペのこと。

まわりを見てね

Mとサクラメント動物園
に行った。
息子のお気に入りは
爬虫類館。

几帳面なMは
すべての展示を
撮影することで
頭がいっぱい。

Mは一度物事に
没頭すると、
融通が利かず、
まわりがまったく
見えなくなる。

そういう時は、
「お先にどうぞ」って
言うんだよ!
と教えたMママであった。

パパに借りたいいカメラで撮影開始!→
カシャッ
細い通路↓
そこへ遠足のちびっ子が入って来て…
がやがや
空っぽでも撮る
全部とらなきゃ
準備中です
カシャッ
あのさ、なんで動物園にいた子ども達ったら、僕のこと押してたんだろうね
それはね、君が何分も空の展示を撮影していたからなんだよ。

MのわざとMママのウソ

自閉症の行動は、
ときどき
どうしてもわざとやって
いるように見えてしまう
ときがある。

Mの興味がない話をする
とまったくの無関心。
無視しているか！

なのに、
興味のあることへの反応
があまりにもいい。
だからつい、こういう手
使ってしまう。

ウソをついて注意を
ひく悪いMママだった。

気がのらないと…
おいで〜
のろのろ
都合の悪い話は
こらっ！話の途中だよ！
プイッ
めちゃ反応いいし
あ、ポケモンだ
え？
どこどこ？
うそ
早く歩けるじゃん
I am not done yet!
のどかわいた

うちは貧乏だったのか！

給料日前パスタのみ（サラダなし）
デザートは？
んなもんないない
じゃあATMは？
だから、その中に入ってるお金がないんだよね
わかってないなー
CASHIER
すみません今すぐとって来ますから、預かっておいて下さい！
OK
あ
絶妙のタイミング！！
そうかうちは貧乏だったのかー
ポンッ
キャー

Mはときどき、
絶妙なタイミングで
言わないでほしいことを
言う。

Mにお金のことを教えよ
うとしたが、一向に理解
しなかったM。

でもある日、
ママがスーパーで
お財布を忘れた時に
とつぜん理解した？

大声で
こういうことを
叫んじゃうMだった。

お客さまに向かって失礼ですよ

Mのボキャブラリーは
大人顔負け。
もうMママにはさっぱり
ついていけない。

選ぶ単語が
オッサンっぽいせいか、
最近はまさに
リトル・プロフェッサー
である。

口調は大人びてるのに、
使う場所を間違えること
がよくあり、
けっこう笑える。
例えばこれ。

あんたは、お母さんか！

眠くなるからやめて

Mの反応は予想できない
ことが多い。
冗談で
赤ちゃん扱いをして
みたりするとする……

冗談、冗談。

予想できる反応って、
例えばこんな感じ。

でも実際の反応は、
こうだったりする。

決められない人

最近のMは、何かにつけて人に聞く癖が目立ってきた。着る服ひとつをとってもそう。

適当に答えると……

人に聞くわりにはこだわりが強く、結局アドバイス通りには決めない。

自分のこだわりで、しっかりつっ込んできたりする。

ママどっちがいいかなー
どっちでもいーい
いいから答えて！
じゃーこっち
えーこれだと黒と黒でブレンドしちゃう
つながっちゃう
じゃっ白におし
え、だって白だとユニフォームみたいだし
やっぱり黒だね
勝手にして

少人数中学に入学したM

２００９年９月、Ｍはサクラメントの科学技術系の中学校に入学しました。この学校は、車で30分ほどの所にあります。

近所の学校にしなかったのは、サクラメント小学校の個別教育計画の先生に近所の学校は勧められないと言われたからです。先生は、Ｍに荒れた学校はあわないと思ったのでしょう。そして、親が学校をより積極的に選択できる「オープンエンロールメント＊」というシステムを採用している公立中学Ａ校、Ｂ校のいずれかを勧められました。

Ａ校は歴史のある、地域では有数の進学校。Ｂ校は、中高一貫のまだ上２学年が埋まっていない新設校で、科学技術系に力を入れている小規模校でした。

いい大学に行くにはレベルの高い学校がいいと言われていますが、Ｍにとって何が本当にいいのか？　両校とも見学したうえで、少人数で大好きな科学の授業がいっぱいありそうなＢ校を第一志望にすることにしました。

＊オープンエンロールメント：指定以外の公立学校に入学できる制度。日本の学区選択制と同様。

羊の脳が好き

Mの中学は科学技術系だ。
なんでも
ビル・ゲイツの寄付金で
設立されたらしい。

毎日ある科学の授業は
なかなか内容が
濃さそうだ。

こういう話を聞くと
Mを入学させて
よかったと思う。

脳みそ見られて、
おもしろかったんだね。
ママは全面的に協力する
よ。

今日サイエンスで何見たと思う？
ビン入り
羊の脳みそ
触れない子もいたけど僕は触れたよー
ときどきのぞいてるらしい。
SCIENCE
コソーリ

そっちか！

ある日、
中学からの帰り、
Mは元気がない。

心配したMママが
問いただすと、どうやら
クラスの子に
「不細工だ」と言われた
らしい。

Mは決して不細工では
ないので、それを伝え、
でも、
「鼻くそほじりは……」
というと……

え？　何？
そんなに見た目を気にし
てたんだ。

どしたの？
僕って不細工？
鼻くそほじるし
真剣
不細工とは思わないけどそれより鼻くそは…
そっか！
ならいいんだ僕はそれだけが気になってしかたなかったんだ。

13歳の誕生日

2009年9月にMは13歳になった。13歳と言えばティーンエイジャーの仲間入り。食べ盛りの時期だが、Mも例外ではない。

誕生日にうっかりペットボトルのソーダをテーブルに置いておいたら、一気に飲んで吐いた。

ケーキはやめといた方がよいと心配するMママを尻目に……

しっかり平らげ、苦しいとのたまう。そんなティーンな誕生日だった。

いっただーきまーす!
じゃあケーキやめとこうか?
げーっ
ケロッ
ううん! 食べる!
えー大丈夫?
うっぷ。くるじいー
過食症みたいだ。(Mパパ)

少々、強迫性障害？

最近のMは少し強迫性障害（OCD）的な行動が目立ちはじめた。

食器の片付けや、戸締まりの手伝いは、けっこう役に立ったりするのだが、限度を超えている気がする。

やめろと言ってもやめられず、夜中に起きだして確認してまわる始末。

そして最後に怒られる。

それ飲み終わった？
いいから寝なさい
バタン
家中のカギを閉める
シャッ
家中のブラインドを閉める
そーっ
いい加減に寝なさーい!!

はてしなき戦い

Mは最近、ものの置き方などにこだわる。例えば洗面所のはみがきは、必ず左向きでないといけないらしい。

「こだわりがエスカレートすると家族が大変になるので早めにやめさせるべきだ」（ABAのスーパーバイザー談）と聞いたことがある。

そこで、

Mママは容器を右向きにすることにした。

が、

気づくといつのまにか左向きになっている。

ばからしくなってやめた。

ルール：はみがきのフタは左向き
子どものこだわりに合わせてしまうと家族が不自由になってしまうのでやめた方がいーい
よーしこだわりを直すぞ！
いつの間にか…
ルール：はみがきのフタは左向き

どこまでが問題行動？

日本で発達障害専門のお医者様に最近のMの強迫性障害的行動について聞いてみた。

すると先生は、このようにわかりやすく答えてくれたのだが……

実際にMの行動を見ていると、そのどれが適切で、不適切なのかわからなくなってしまう時がある。

気がつくとあれもこれも強迫性障害っぽく見えてしまって、気になってしかたがない。もしかするとMママが、強迫性障害？

2009年夏、日本で
先生、どこまでが問題行動でどこまでが許容範囲なんでしょう？
それは、その行動がある事で生活に支障があるかどうかによって見極めるのです。
ズバリ！
でも、現実は…
もーわからナーイ
あれ？今2回ドアノブに触った？
問題行動？
暑いのに、窓閉めた？
問題行動？
はみがきの位置がいつも同じ？
問題行動？

ボリュームは50

ルールが文字で書かれていると、Mは頑なにそれを守った。
例えば、決して助手席に座ろうとしなかった。

13歳になり、ようやく前に座ってくれるようになったMだが、どうやら新しいマイルールを作ったようだ。

CDプレイヤーのボリュームをきっちり50にする。

Mは、ボリューム表示が機種によって音量が違うことを、理解していない。

ママだって成長中

子育てをしているママだって成長中だったりする。Mママは、渡米当時は英語も運転もできなくて引きこもっていた。

アラサーだったMママは、ネイティブでない人対象の学校（ESL）に通い英語だってマスターし……

ぶつけてばかりだった運転だってなんとかハイウェイを運転できるまでに成長した。

アラフォーの今……まだまだ知らないことだらけだけど、Mとずっと成長していきたいものである（オチなし）。

渡米直後…
ママと いっぱい 遊ぼうね
英語、運転 駄目で 引きこもり
ESLで特訓
貧困、亡命等 ワケありの クラスメイト達
San Francisco
○日までに サンノゼに 運転出来る ようにする ぞ!
San Jose
運転も特訓
今では…
ポケモン リーグ 行くよ!
ママ信号 赤だよ
ママの 運転を 信用して ないM

ピープル・ファースト

Mの診断の直後に特別支援教育についての授業を受けたことがある。
そこで印象に残ったのがピープル・ファースト（人が先）という言葉だ。

障害者である前に、人であるというスローガンが私は好きだ。

たしかに、Mという人格は自閉症であるだけでなく、さまざまな要素で成り立っている。決して自閉症がMを定義する訳ではない。

たかが言葉、されど言葉。
自閉症が歩いてるのではなく、皆と同じ個人が自閉症も持っているだけなのだ。

絵カードとの出会い

　セラピストの仕事をきっかけに、さまざまな療育プログラムの存在を知りました。中でも気に入ったのが絵カード交換式コミュニケーションシステム（ＰＥＣＳ*＝ペクス）です。ＰＥＣＳは、言葉を使ったコミュニケーションが困難な自閉症と発達障害を持つ人のために体系化された絵カードを用いた指導教育法です。

　絵があって助かるというのは自閉症の人だけではないと思います。レストランのメニューひとつとってもそうですが、外国に住んでいると絵による案内のありがたさをさまざまな場所で経験します。

　絵を描く私としては、絵が生活のさまざまな場面で役に立つという発見はうれしいものでした。世の中がもっと絵であふれて自閉症の子が少しでも住みやすくなればこんなすばらしいことはありません。

　というわけで、私はこのＰＥＣＳのとりこになったのです。

*ＰＥＣＳ：アメリカのアンディ・ボンディとロリ・フロストにより開発された絵カード交換式コミュニケーションシステム。詳しくはピラミッド教育コンサルタントオブジャパンのウェブサイトでどうぞ。http://www.pecs-japan.com

即席絵カード

ある日のセラピー中、クライアント（担当児童）のJ君と工作をしていたときのこと。

何かを必死に訴えてくるJ君。要求のコミュニケーションは重要なので、なんとかくみ取りたい。

ビリビリ
……

どうやら絵カードのファイルに入っていない何かがほしいよう。そこでMママが即席絵カードを描いてみると……

あ、もしかして、あれかな？
あ、そうか

大当たり！
セラピストとして、イラストレーターとして、いろんな意味でうれしい瞬間だった。

トントン
ビンゴ！
ハサミって分かってくれたんだ！

絵カード、ママも活用中

言葉がまだ出ていないクライアントの家で、いつも使うのが絵カードのPECSだ。

絵カードをマジックテープで文書ストリップ（マジックテープのついたプラスチックの板）に貼って、コミュニケーションをとる。

実はこれ、英語が母語ではない人にもけっこう役立つ。

いやー、イラストがこういう形で役に立つっていろんな意味でうれしいものである。

PECS
これが上級編
トン トン トン!
(アイ)(ウォント) (ボール)
I want
ball
?
あれ、英語で何て言うんだっけ?
メキシコ人
日本人
I mean this!
Oh, I see!

手作りPECS
台紙にマジックテープが付けてある。
絵カード（裏にマッジックテープ付き）を貼って使う。

絵カード

フリー素材です。コピーしてお使いください。
絵カードの中に文字を入れたり、ご自由に活用してください。

アクション

［カードを交換してコミュニケーションツールとして。スケジュール作りに。まねっこ遊びに。2枚ずつコピーしてマッチングレッスンに。］

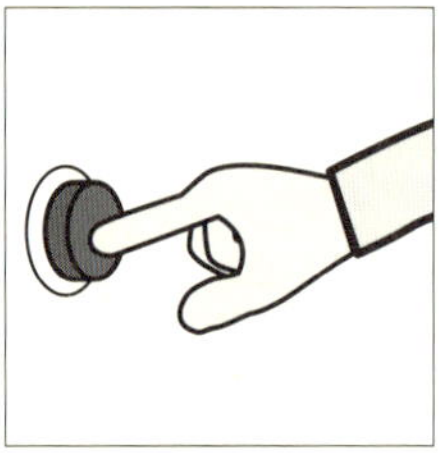

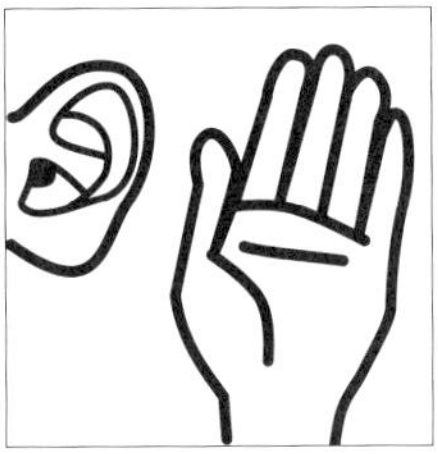

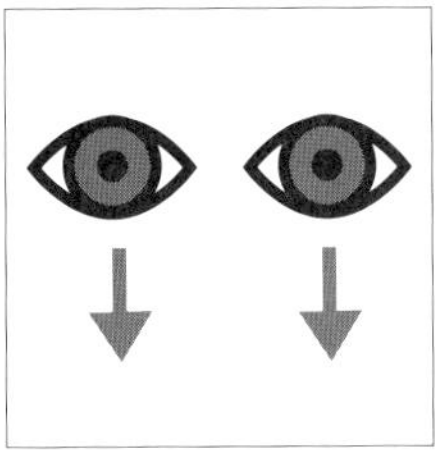

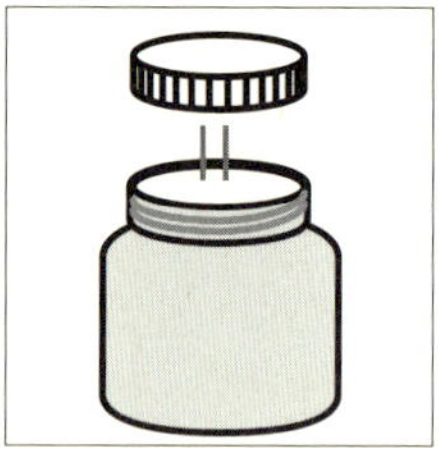

1 2 3
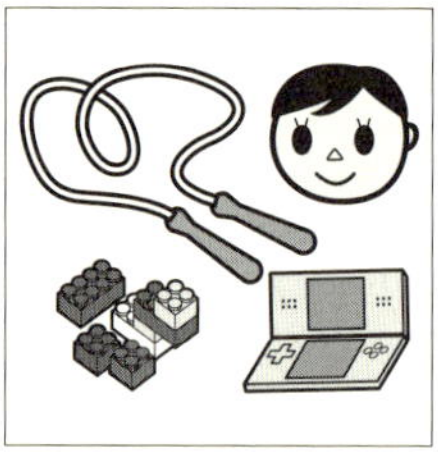

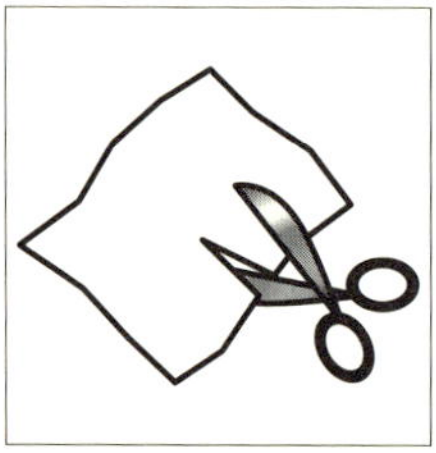

表情

「悲しいのはどれ？　今どんな気持ち？　など感情を学ぶレッスンに。」

時計

［スケジュールの視覚化に。時計の読み方のトレーニングに。］

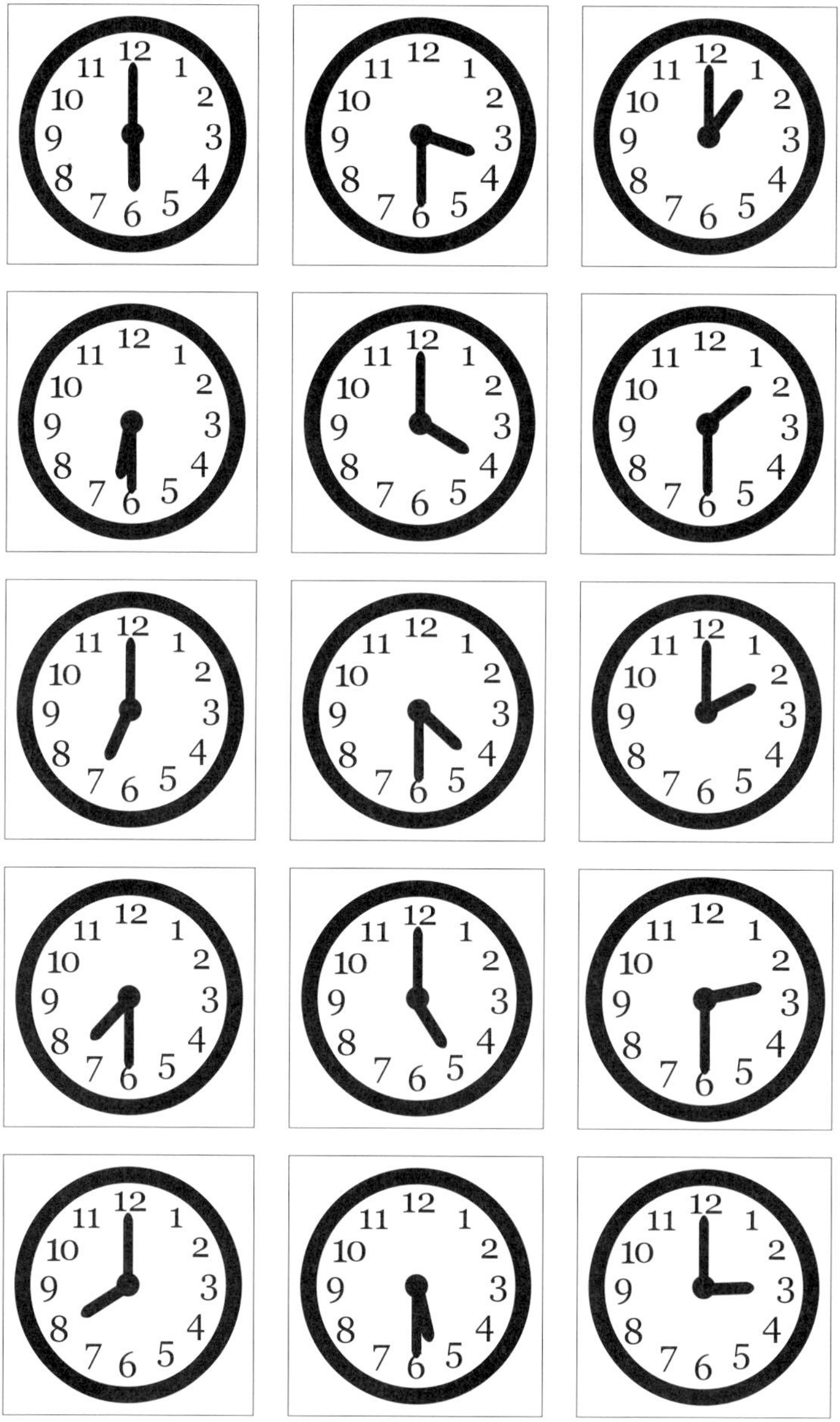

ソーシャルマンガ作り

Mのソーシャルスキルが気になりだしてから、アメリカのさまざまな療育プログラムを調べて見ました。その中で私にとって最も興味深かったのは、社会的行動を自閉症の子に絵でわかりやすく伝えるツールでした。

実は、Mが0歳の時に診断テストを行った心理士の推薦状にも、「Mのためにデザインされたイラストや、マンガなどの形態をとったソーシャルスキルトレーニングが有効である」というコメントがありました。でもその時は、正直具体的にどうトレーニングするのかよくわからなかったのです。

イラストを使ったソーシャルスキルトレーニングにはいろいろな方法がありますが、私はMとさまざまな状況について話し合うきっかけ作りのために、オリジナルのソーシャルマンガを作ってみました。

今までMに実際に読ませて効果が見られたものを紹介します。同じようなお子さんのいる方に、少しでも参考になればうれしいです。

マンガでソーシャル

Mのような自閉症の子に何かを伝える時は、遠回しな言い方や、否定的な話し方は効果的ではない。

字ばっかりの本よりも絵がいっぱい入ったマンガの本のようなものを好んで読む。

そこで考えた。

今いちばん教えたいソーシャルスキルを、マンガにすればいいんじゃない？（今頃気づくか？）

長ったらしい話は…
くどくどくどくどくどくどくどくど
プイッ
マンガは大好き
Mくんマンガ？読みたい！
あ、そうか
伝えたい事をマンガにすれば…
あんなときどうするの？

スキル1 話してもいい時まで待つ

カードゲームの終了２分前に、
M君はおもしろいジョークが頭に浮かびました。

×行動

M君は、ジョークを忘たくないので、すぐに相手にジョークを言いました。

あ、ジョーク思いついた
ペラペラペラペラペラペラペラペラ
02:00
うるさくて集中出来ないよー

結果

相手の子は、ゲームに集中できずにイライラして、ジョークは受けませんでした。

○行動

M君は2分待って、ゲームが終わってからジョークをいいました。

あ、ジョーク思いついた
よーし、2分たったら言おう
02:00
最後2分集中出来てうれしいな

結果

相手の子は、Mくんのジョークに受けました。

こんなとき、どうするの？ ● ポケモン・リーグで

スキル2 ていねいに誘いを断る

カードゲームの会場で、休憩時間に他の子がM君に、
カードの交換をしないかと誘ってきました。

✕行動

M君はその時、絵を描いてたので断りました。

僕とカード交換しない？
絵が描きたい
いいえ結構です

結果

相手の子は、「いやだったのかな？」と思い、もう誘わなくなりました。

○行動

今は絵を描きたいけど、誘ってくれるのはうれしいことなので「今いそがしいから、ごめん、また誘って」と伝えました。

僕とカード交換しない？
ああ、残念やりたいけど
今ちょっと忙しくってごめんね！

結果

相手の子は、「誘ってよかった」と感じて、また今度誘ってくれました。

こんなとき、どうするの？ ● 親戚の家で

スキル3 別の方法で気を紛らわす

親戚の家で、大人たちがむずかしい話をしています。
M君は話がいつ終わるのか分からず退屈です。

×行動

M君はひまつぶしに、手を動かしました。

結果

大人たちは、M君の手が気になって、話に集中できなくなってしまいました。

○行動

M君はひまつぶしにノートに絵を描きました。

結果

大人たちは、落ち着いて話ができ、M君の絵をあとでほめてくれました。

こんなとき、どうするの？ ● 親戚の家で

スキル4 場所を変えてする

親戚の家で、大人たちがむずかしい話をしています。
M君は話がいつ終わるのか分からず退屈です。

×行動

ずっと座っているのに飽きたので、立って体を動かしました。

結果

大人は、M君が目の前で動くの気になって困っています。

○行動

座るのにあきたので隣の部屋に行って体を動かしました。

結果

体を動かしたのですっきりしました。大人も十分話ができて今度はMと遊んでくれました。

スキル5 相手の話に合わせる

親戚の家で、大人たちがむずかしい話をしています。
M君は話がいつ終わるのか分からず退屈です。

✕行動

M君は何かしゃべりたくなったので、よく知っているポケモンの話をしました。

いきなり
ポ◯モンが…

結果

大人たちは別の話をしていたかったので、困ってしまいました。

◯行動

M君も話をしたいので、まずは大人の話していることについて質問をしてみました。

ねぇねぇ、◯◯って何なの？

結果

大人たちはM君に分かるように説明をしてくれました。

スキル6 相手の話に興味を示す

親戚の家でおばさんが「この木、なんの木か知っている？」
とM君に聞きました。

✕行動

木なんて興味がないのでM君は「知らない」と答えました。

この何の木か
知っている？
つまらない
ない
知らない

結果

おばさんは、その木の話をするチャンスがなくなってがっかりしました。

○行動

木には興味がないが、おばさんが話したいのだと思い、木のことを聞きました。

この何の木か
知っている？
つまらない
けど話したそうだな
いいえ、
何て名前
ですか？

結果

おばさんはM君が木の話を聞いてくれたので、M君の好きな話も聞いてくれました。

スキル7 意地悪への対応

いつもM君にいやな事を言うNちゃんが、
Mのことをバカにしました。

×行動

君は頭の毛が立つほど悔しかったので、大きな声を出して泣いて、抗議しました。

怒ったり
泣いたりする
Mは色んな顔しておもしろいなーまたからかおっと

結果

Nちゃんは、M君がいろんなリアクションをするのがうれしくて、今度もからかおうと思いました。

○行動

M君は普通の表情で、何も言わずに「何言ってるのかさっぱり分からない」顔でNちゃんを見ました。

へーっ
それで？の顔
あれ？無反応困ったななんか私、バカみたいー
じーっ

結果

Nちゃんは M君のリアクションがないのでつまらなくなって、からかわなくなりました。

3年生のM

おわりに

最後まで読んでくださって、本当にありがとうございました。

思えばＭが生まれてから13歳になるまでを記録したこのマンガは、Ｍと私の大切な成長記録になりました。マンガは息子がティーンになったところで終わっていますが、その後も母子の成長はまだまだ続いております。現在Ｍは14歳。相変わらずポケモンが大好きで、ポケモン・リーグではすっかり古株になりました。最近はパソコンを使ってゲームのキャラクターを編集したりすることに夢中になっているようです。

心配していた中学生活も、いじめや大きな問題もなく、もう少しで卒業です。今年は高校生になるので、勉強も本格的になってきました。でも、言語聴覚士・作業療法士さんなどにお世話になりながら、現在の中高一貫校に通い続ける予定です。

自閉症のことを何も知らなかった私も、息子の診断をきっかけに悩んだり勉強したりと試行錯誤をくりかえし、この13年で少しだけ成長できたかもしれません。ちなみに、ＡＢＡ（応用行動分析）セラピストの職を経て、現在は成人の発達障害・知的障害の人たちを支援する仕事をしています。私の現在の関心事はＭの就職、恋愛、結婚、そして私たちの老後（気が早い？）のこと。職場でもこれらについて日々勉強しています。うかうかしてると時代はドンドン変わっていくし、Ｍはドンドン大きくなっちゃいます。

現在は自閉症を題材にした映画やドラマが話題になるように、自閉症への社会的認識が高まってきました。でも、Ｍが小さい時は、発達障害の療育が進んでいるといわれるアメリカ・カリフォルニアですら、「アスペルガー」といっても「何それ？」という反応しか返ってきませんでした。残念ながら、Ｍやそれより上の世代は今のような早期療育は受けることができませんでした。

でも、今からでもできることはたくさんあると思います。そんな世代のお子さんを持つ親御さんや当事者の方も、一人ぼっちで悩まないようになればいいなと思います。もし同じような子を持つお母さんやお父さんが、決して完璧ではない私の育児体験マンガを読んで、少しでも勇気づけられたり、共感してくれたらと願ってやみません。

この本が日本のみなさんの目に触れるまでにはさまざまな人の助けがありました。私の原稿が出版に至ったのは「絵カードのお店」のパートナーの末吉景子さんと、編集者の中西美紀さんにご協力をいただいたお陰です。ありがとうございました。そして、アメリカとの時差のあるやりとりに辛抱強くつきあい、私のマンガを立派な本にして下さった合同出版の坂上美樹さん、素敵なカバーをデザインして下さったキューズの中野清久さんと工藤真純さんにもここでお礼を述べたいと思います。

最後にマンガに登場することを承諾してくれたＭパパと、ネタの提供とコンテンツのチェックをしてくれた息子Ｍに感謝します。

２０１１年３月

佐藤エリコ

佐藤エリコ

イラストレーター&アートインストラクター。

東京生まれ。アメリカ・カリフォルニア州在住の14歳のアスペ君のママ。

東京造形大学とサンフランシスコ州立大学にて美術を学ぶ。1996年の息子の出産を機に育児雑誌のマンガ、イラストを手がけるようになる。1999年にアメリカ人の夫と渡米。米国アドビ本社などのイラストを手がける傍ら、小学校のエンリッチメントプログラム（課外授業）でアートクラスを受け持つ。2007年、息子が高機能自閉症／アスペルガー症候群と診断される。自閉症についての知識を高めるため療育エージェントに勤務し、ABA（応用行動分析）のセラピスト養成訓練を受ける。現在は教材開発サイト「絵カードのお店」を共同経営しながら、成人の発達障害・知的障害者のためのアトリエでアートインストラクターをしている。

「絵カードのお店」http://www.picturecardstore.com

ブックデザイン／Cue's inc.（中野清久／工藤真純）
組版／GALLAP

まさか！ うちの子 アスペルガー？

セラピストMママの【発達障害】コミックエッセイ

2011年4月15日　第1刷発行

著　者　佐藤エリコ
発行者　上野良治
発行所　合同出版株式会社
東京都千代田区神田神保町1-28
郵便番号101-0051
電話03（3294）3506　FAX 03（3294）3509
URL：http://www.godo-shuppan.co.jp
振替00180-9-65422
印刷・製本　新灯印刷株式会社
■刊行図書リストを無料送呈いたします。
■落丁乱丁の際はお取り換えいたします。

ISBN978-4-7726-1013-1　NDC378　210×148